EL PEQUEÑO FRANCIS

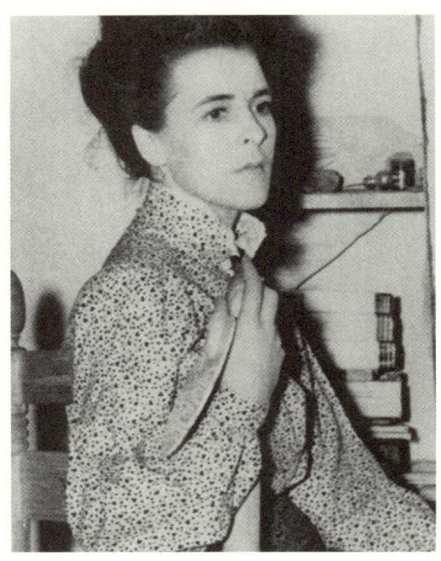

Leonora Carrington (1917-2011) nació en Lancashire, Inglaterra, en el seno de una familia acomodada de la burguesía industrial. En 1937 conoció al pintor Max Ernst en Londres, con quien comenzó una apasionada relación, y que puso a Leonora en contacto con el grupo surrealista. El estallido de la Segunda Guerra Mundial separó a la pareja y Leonora huyó a España, donde terminó siendo ingresada en un sanatorio de Santander, experiencia que plasmó en su aclamada obra literaria *Memorias de abajo*, publicada por primera vez en francés en 1946 (y cuya traducción al castellano recuperamos en Alpha Decay en 2017). De ahí escapó para llegar a Lisboa y luego a Nueva York, de la mano de Peggy Guggenheim. Finalmente recaló en México, donde culminó una de las obras artísticas y literarias más singulares del siglo pasado.

Leonora Carrington

—

El pequeño Francis

Traducción del inglés de Francisco Torres Oliver

ALPHA DECAY

NOTA SOBRE EL TEXTO

Escrito entre 1937 y 1938 en inglés, no sería hasta muchos años después que este relato vería la luz en un libro impreso. Fue en 1987 y en lengua francesa, una versión editada y traducida por Jaqueline Chénieux que se tituló *Histoire du Petit Francis* y se publicó en la colección *Pigeon Vole* de Les éditions Le temps qu'il fait. Un año después, se editó por fin el texto en su lengua original, junto con otros relatos de la autora, una selección establecida por la propia Leonora Carrington con la colaboración de Marina Warner y Paul de Angelis, y que llevaría el título *The House of Fear* (Penguin Books, 1988). En 1992, esta misma selección fue trasladada al castellano por la editorial Siruela, con traducción de Francisco Torres Oliver y prólogo de Fernando Savater, esta vez con el título *Memorias de abajo*.

La presente edición recupera la traducción de Francisco Torres Oliver del volumen de Siruela, el mismo del que se extrajo el texto «Memorias de abajo» en

2017 para ser publicado en la colección Héroes Modernos de Alpha Decay. Son, tanto uno como otro, relatos autobiográficos, de carácter y estilo muy distintos pero cuya lectura puede resultar complementaria. «Memorias de abajo» es el recuerdo, en forma de dietario, del tiempo en que Leonora estuvo ingresada en un sanatorio en Santander después de haber sido separada de su amante, el pintor surrealista Max Ernst, a quien las autoridades francesas arrestaron en 1940 por ser declarado enemigo del régimen de Vichy. «El pequeño Francis», por su parte, está escrito en tono ficcional, y se sitúa en la época inmediatamente anterior a aquella: el año 1937 en que, al poco de conocerse, la pareja huyó de París para dejar atrás a la entonces esposa de Ernst, Marie-Berthe. Los tres personajes principales de este relato, el tío Ubriaco, su hija Amelia y el pequeño Francis son, respectivamente, Max Ernst, Marie-Berthe y Leonora, que se reserva el papel de hombre adolescente.

EL PEQUEÑO FRANCIS

—Los instrumentos musicales son cuerpos ajenos al espacio —dijo el padre.

Estaban bajo la cúpula de la Salle Liszt. La orquesta llevaba interpretada la mitad del quinto Concierto de Brandemburgo.

—¿Como Dios? —dijo Amelia.

—No, como Dios no; son mucho más hermosos y existían antes de que inventaran a Dios. Son como conos y esferas y triángulos y rectángulos. Siempre han estado ahí; no fueron inventados, fueron descubiertos. Son como las estrellas y los planetas.

—La madre Reverenda dice: «Honra a tu padre y a tu madre». ¿Cómo puedo obedecerla, cuando dices todas esas mentiras atroces?

—Te estás volviendo una pequeña mojigata.

—Padre, voy a gritar.

—Pues grita.

Silencio.

—Sabes que no se me debe contrariar; es lo que dice el médico. Soñé que veía a mamá en el cielo. ¿Está mamá en el cielo?

—Me parece que no.

—¿Está en el infierno?

—Tampoco. Probablemente es una tabla de multiplicar en el espacio, o una nueva clase de violín todavía no descubierto, o un círculo alrededor de un planeta.

—A veces creo que eres el demonio, padre.

—¿De veras? Bueno, me alegro de que no me tomes por un ángel.

—¿Por qué no quieres ser un ángel?

—Porque me aburriría. Prefiero ser un cono puntiagudo silbando diabólicamente en el espacio y cantando como una flauta.

—¿Para qué va la gente a los conciertos?

—Para practicar maneras difíciles de apoyar la cabeza en las manos.

—Yo he venido para poderme poner mi nuevo «chiffon».

—Sí, la gente hace eso también. Lo mismo que cuando va a misa; y es casi igual de deprimente.

—Yo creía que te gustaba la música.

—Y me gusta. Debería escucharse a Bach y a Mozart en circunstancias alegres, no en un ambiente aburrido.

—¿Qué van a tocar ahora?

—El sexto Concierto de Brandemburgo.

—Ya llegan. Va a empezar la música.

A mitad, la niña profirió un chillido penetrante: «¡Padre, padre, algo horrible va a pasarme!». Todas las caras se volvieron hacia ellos.

—He visto salir volando una urraca de uno de los violines.

—No es lo bastante grande como para tener dentro una urraca. ¿Estás segura de que no ha salido del piano?

—Me voy a desmayar; presiento que me va a pasar algo horrible.

—Ahí vienen a decirnos que nos vayamos. Amelia, eres una latosa imposible.

Camino de casa, se encontraron con un accidente. Había un caballo muerto en la calzada. Amelia gritó:

—¡Mira, mira; mira la sangre horrible que mana y mana de ese gran agujero de la cabeza! —y saltó fuera del taxi.

—La seguí —dijo Hector—. Llegamos a Fontainebleau, pero se me escurrió y cogió el siguiente tren de regreso. Tuvimos durante todo el trayecto escenas horribles. No paraba de gritar llamando a papá. Y anoche, cuando ya la casa estaba cerrada con llave, salió en busca de un obispo hasta las dos de la madrugada, y luego se acostó en la escalinata de Nôtre Dame, y allí estuvo hasta que la encontró un policía, al que le dijo, por lo visto, que estaba esperando al ángel de la Muerte. Parece que le considera a usted un canalla por no permitir que la confirmaran. Esta mañana ha destrozado con un hacha tres bicicletas del taller. Dijo que era para vengarse de usted, por no volver a casa. Ahora ha ido a confesarse; tiene remordimientos por lo de las bicicletas.

—Es horroroso —dijo tío Ubriaco—. Amelia tiene ataques de esos. Es muy nerviosa.

Francis se sentía deprimido.

—Quizá sea mejor que me vaya a un hotel, ¿no? —sugirió.

—No, tú te quedas —dijo tío Ubriaco.

Llegó Amelia: una niña con trenzas.

—Por fin estás aquí, papá —dijo. Se dieron un beso—. ¿Quién es este?

—Es tu primo Francis.

Amelia miró a Francis con frialdad.

—Entonces, ¿no vamos a pasar esas vacaciones tú y yo solos?

Tío Ubriaco pareció turbado.

—Llévame a dar un paseo, padre. Tengo algo que decirte en privado.

—Bien, no tardaré. Disculpa, Francis. ¿Te apetece tomar un baño? Volveré dentro de veinte minutos.

Francis tomó un baño de agua fría, se entretuvo dando una vuelta por la casa, y entró finalmente en el taller. Se trataba de un local espacioso de la planta baja, lleno de construcciones a medias y de bicicletas enteramente destrozadas. Las paredes estaban cubiertas de estanterías con libros, neumáticos de repuesto, botellas de aceite, mascarones mellados, llaves, martillos y bobinas de hilo. Se puso a leer los títulos de la primera fila de libros, que estaban polvorientos aunque en buen estado: *El hombre y la bicicleta*, *Problemas de los pedales*, *Cuentos de Hans Andersen*, *Ensayos de Tobson con los rayos y los timbres*, *El piñón libre y los rodamientos de bolas*, el *Oxford Dictionary*, etc.

Luego se le ocurrió que le apetecía refrescarse los pies en el suelo de piedra, así que se quitó los zapatos y los calcetines, y siguió deambulando y mirando la colección de cosas interesantes de tío Ubriaco. Había, por ejemplo, un par de cucarachas famélicas en una jaulita, una ristra de cebollas artificiales asombrosamente imitadas (seguramente eran de porcelana), una rueca que funcionaba, corsés de señora de complicado diseño, y gran cantidad de ruedas dentadas. No resistió la tentación de probarse un corsé particular, uno negro con encaje morado y rosas bordadas en hilo de oro. Fue cuestión de un momento, deslizarse el corsé por la cabeza: le llegaba por debajo de las rodillas, aunque atando fuertemente las cintas se le sujetaba bastante bien alrededor de la cintura.

Cerró los ojos e intentó imaginar un par de muslos anchos y cálidos en lugar de sus piernas delgadas, visibles solo de rodilla para abajo. Le interrumpió Amelia al abrir la puerta.

—¿Qué haces aquí? —dijo irritada, entrando—. Solo tenemos derecho a entrar en el taller padre y yo.

—No me grites —dijo Francis.

—¡Escucha! Padre y yo nos vamos a ir mañana. Tendrás que volver a Inglaterra.

—Sí —dijo Francis, dirigiéndose dificultosamente hacia sus zapatos—. Cuando tu padre me diga que me vaya.

—Te vas a ir ahora —gritó Amelia—. No soporto ver esas horribles uñas de tus pies.

Francis dominó su cólera mirándose los pies. Tenía las uñas bastante largas.

—Mira —dijo—, no me importa irme a un hotel. Eres tú la que vive aquí. Pero no soporto que me griten.

Fue a inclinarse a recoger los zapatos pero se había atado el corsé demasiado fuerte.

—¡Y quítate el corsé de padre! —la voz de Amelia subió otro semitono.

—¿El corsé de padre? —dijo Francis con una sonrisa.

—Padre es muy infantil —vociferó la niña—. Y tú eres un idiota asqueroso. No quiero que ande con gente como tú.

—A lo mejor le gusta —sugirió Francis, desatándose el corsé—. A lo mejor se aburre contigo.

—¡Cochino mocoso! ¡No tienes corazón! ¿Por qué no nos dejas vivir en paz a padre y a mí? No queremos entrometidos como tú a nuestro alrededor. Por lo visto, no te das cuenta de que estoy muy muy enferma —calló dramáticamente—. Enfermísima. Me estoy muriendo; solo me quedan unos meses de vida; déjanos estar juntos a padre y a mí nuestros últimos meses. Pronto habré muerto.

—Estoy seguro de que se aburre contigo —dijo Francis—. La gente muerta es bastante mala; pero la mitad de la gente mala que además grita…

No hay duda de que Amelia le habría arrojado el *Oxford Dictionary* si no llega a entrar tío Ubriaco en ese momento.

—Vete a la cama, Amelia —dijo, después de una ojeada de la discusión—. No quiero que le grites a Francis.

—No me quiero ir a la cama. ¡Nunca nunca nunca, mientras ese cerdo asqueroso esté aquí!

Francis dirigió una sonrisa cansada a tío Ubriaco, y dijo:

—Me voy a un hotel.

—Está bien —dijo tío Ubriaco, tratando de hacerse oír por encima de los llantos y pataleos de Amelia: parecía sufrir una especie de ataque, en el suelo. Tío Ubriaco se inclinó y susurró rápidamente a Francis al oído:

—En el Café de Flore, Boulevard Saint-Germain, dentro de una hora.

Por fin llegó Francis al lugar convenido y se sentó a una mesa. Recordó que no llevaba dinero francés, pero sabía que en Francia se podía tomar una bebida y pagar una hora después, así que pensó que no pasaba nada por pedir un vaso de cacao.

—No hay cacao —dijo el camarero con desdén—. *Café au lait, thé, tisane. Pas de* cacao. *Chocolat*, si quiere.

—Bueno, entonces vino —dijo Francis nervioso.

—*Blanc ou rouge* —le espetó el camarero.

Francis creyó que era un insulto, así que dijo:

—*Je aussi.*

—*Blanc ou rouge* —gruñó el camarero—, ¿blanco o tinto?

Francis se ruborizó.

—Tinto, con un bollo —y volvió la cabeza, fingiendo contemplar el bulevar de manera improvisada.

—¿Eres inglés, chico? —dijo una mujer joven, sentándose delante tan de repente que Francis dio un respingo—. Yo he estado en Inglaterra. ¡Qué país más hermoso! Estuve en Southampton. ¡Ah, era muy verde!

—Sí, creo que es verde —dijo Francis recobrando la serenidad—. Pero dicen que Irlanda es mucho más verde.

—¿De veras? ¡No! Nada puede ser tan verde, con lo verdísimos que son aquellos campos; como si tuvieran luces bajo el suelo. Yo soy Charlotte. ¿Cómo te llamas tú?

—Me llamo Francis. ¿Qué le apetece? ¿Le importaría pedir usted misma? Como ve, mi francés no es muy bueno.

—Mi tía era inglesa; tenía muchos libracos en los que prensaba insectos. Mosquitos, hormigas, orugas, ¡todo lo que encontraba en esos deliciosos campos verdes! ¡Lástima que tenga que ganarme la vida como me la gano! Los ingleses son muy raros en estas cosas. ¡Pero observo que tú eres gentil!

—Depende del modo de verlo —replicó Francis—. Aunque supongo que le irá bien, ¿no?

—Tengo mis altibajos. La temporada es bastante mala este año, aunque todos esperamos que suban los precios con motivo de la próxima Exposición.

—Sí; sin duda será buena cosa —dijo Francis pensativo—. Dicen que acudirán un montón de extranjeros a París.

—Tengo que refrescar mi australiano —dijo Charlotte—. Dicen que los idiomas son importantísimos. ¿Sabes si es difícil el australiano?

—Creo que es casi idéntico al inglés. A menos, naturalmente, que quiera aprender maorí.

—No. Solo unas nociones de australiano. No me interesa la gramática. Uno o dos verbos irregulares, por supuesto, y un buen vocabulario. Eso es todo lo que necesito. Como ves, tengo mis ambiciones.

—Lo comprendo perfectamente —dijo Francis—. Pero con sinceridad, creo que haría mejor aprendiendo un poco de ruso. Va a haber montones de rusos; tienen un pabellón.

—Creo que el australiano es más distinguido —dijo Charlotte—. Aquí, la mayoría de los rusos está sin un céntimo.

Siguieron departiendo plácidamente durante una hora o más, hasta que llegó tío Ubriaco. Sus ojos parecían cansados. Y tenía un arañazo largo y perpendicular que le bajaba del ojo derecho a la comisura de la boca. Charlotte dijo «Bonsoir» y se fue apresuradamente. Tío Ubriaco se sentó y dejó escapar un suspiro.

—Creo que será mejor que nos vayamos mañana —dijo por fin.

—Y tal vez sea mejor que se quede usted en un hotel esta noche —convino Francis.

—Conozco una pequeña pensión donde estarás cómodo. Pasaré por ti a las seis y media. Tal vez sea prudente salir temprano.

—Supongo que sí —dijo Francis.

De viaje hacia el sur, haciendo cómodas etapas, mejoró Francis su francés. Cada dos kilómetros, tío Ubriaco le hacía cantar los verbos ser y tener al son de «Rule, Britannia!» y «Onward, Christian Soldiers» respectivamente. Por la noche hacían ejercicios de conversación y de vocabulario, durante los cuales tío Ubriaco leía a Francis poemas de Hans Arp y las novelas de Rabelais.

El tiempo se iba volviendo cada vez más cálido, y un atardecer en que se estaba preparando una tempestad descubrieron el sur, anunciado por un furioso coro de grillos chirriando y vibrando. El aire rebosaba de ruidos, aunque no turbaban el denso silencio de la noche inminente.

«Esto soy yo; debo tener cuidado», pensó Francis. Al día siguiente subieron a las montañas, bajaron a una llanura y pedalearon todo el día, y llegaron a un río con una orilla de piedras blancas. Francis jamás había visto un agua igual, tan brillante y profunda y verde. Por la noche cruzaron un puente largo y estrecho, y torcieron a la derecha, por una curva pronunciada, hacia el pueblo de Saint-Roc. Quedaba justo la luz suficiente para ver dos erizos aplastados en mitad de la carretera.

En el pueblo había tres cafés: el Café du Pont, el Hôtel du Centre y el Café Pirigou. Los dos primeros estaban llenos debido a la próxima *fête*, así que se vieron obligados a probar en el Café Pirigou. Este tenía una terraza que daba a una plaza polvorienta. La mujer de dentro llevaba una falda corta y gruesas polainas de lana que terminaban en un par de zapatillas. No era aseada.

—Dos camas tengo —dijo—. Sin retrete, ni baño, ni comida.

Hablaba como si Francis y tío Ubriaco fuesen duros de oído.

—¿Por qué sin comida? —preguntó tío Ubriaco—. ¿No comen ustedes?

—Claro que comemos —dijo ella con una carcajada—. Pero ustedes no.

Tío Ubriaco esperó con paciencia a que terminase su regocijo.

—¿Por qué nosotros no?

—Mi madre —explicó la mujer, secándose los ojos— es vieja, está enferma y sufre horriblemente. A menudo se pasa la noche gritando. Así que no puede cocinar, y yo no quiero más trabajo del que puedo atender. Pero pueden comer *chez la Marie* —la mujer agitó el pulgar por encima de su hombro derecho—. La puerta de al lado. Es también el *bureau de tabac*. La Marie lo llama Hôtel du Centre.

—Será mejor que nos enseñe la habitación —pero ella había visto las bicicletas de tío Ubriaco: Roger de Kildare y la pequeña Mabel, e ignoró su petición.

—Son magníficas —exclamó—. ¿Me dejará dar una vuelta, un día?

—Por supuesto —dijo tío Ubriaco—. Con mucho gusto.

—Tengo un amante en Avignon que me dejó hace tres meses. Me gustaría hacerle una visita. Trabaja en un banco.

—Se la haremos —dijo tío Ubriaco—. Y ahora la habitación.

—La habitación está muy sucia en este momento, pero la puedo limpiar. Después de los cinco últimos clientes, las sábanas...

—Podría cambiarlas —dijo Francis, práctico—. Incluso podría lavarlas.

La habitación era agradable, aunque estaba sucia, y habitada por varios alacranes y una legión de moscas. Uno de los rincones estaba ocupado por ristras de ajos secos, un saco de patatas y una estufa en desuso.

—Está bien —dijo Ubriaco—. Hasta que consigamos una tienda de campaña. Tenemos pensado acampar al otro lado del río.

La terraza de la Marie tenía un emparrado, y ella exhibía en la barbilla un gran lunar decorado con tres pelos grises. Su actitud era zalamera: le manoseó las nalgas a Francis.

—Puedo serviros *hors d'œuvre*, conejo guisado con tomillo y su propia tripa, queso de cabra y fruta.

Se sentaron en una mesa desde donde podían ver el río y los altos peñascos calcáreos de enfrente. Las rocas tenían forma de un centenar de seres diferentes.

—Conocí a un hombre que se pasó toda la vida transformando el paisaje en un zoológico —dijo tío Ubriaco, soñador—. Trabajó durante años, dando a las rocas forma de leones y tigres, gabinetes de ministros, centauros, personajes históricos, etc. Era un tipo estupendo; pero trabajó demasiado. Los cipreses me parecen encantadores; me recuerdan pelucas; y como por lo general los plantan en los cementerios, me imagino debajo el cráneo de alguna hermosa dama.

Había dos personas sentadas en la mesa vecina. Hablaban con fuerte acento marsellés. Ubriaco se sumó a su conversación:

—¿Así que están acampados?

—Sí, junto al río. Los campesinos dicen que es peligroso acampar en las piedras porque el río puede crecer durante la noche, si llueve en las montañas. De todos modos —con una risa de desaprobación—, el tiempo parece bastante estable, y regresamos a Marsella dentro de dos días.

—¿Y la tienda? —se interesó tío Ubriaco—. ¿No la querrían vender?

Intercambiaron entre sí unas palabras en voz baja, y quedó acordado el trato. Dentro de tres días, tío Ubriaco sería dueño de una tienda caqui de tamaño mediano.

Rosaline Pirigou estaba dando voces en la cocina cuando entraron. Su vieja madre estaba acurrucada junto al fuego, con su rostro chato y amarillo contraído de furia.

—¿Por qué, en nombre de Dios, no te metes en la cama, en vez de pasarte el día quejándote junto al fuego?

—¡*Salope!*—exclamó la arpía—. Se me está pudriendo de dolor mi pobre estómago, y haces que mi vida sea un calvario.

—Tanto mejor —replicó Rosaline en voz alta, aunque sin malevolencia—. ¿Por qué no te ahorcas, entonces? Gente mejor que tú se ha ahorcado. Ahí fuera tienes un árbol, y las sogas son baratas.

—¡Mandas a morirse a una pobre anciana sumida en el dolor! ¡Debí haberme ahogado cuando te llevaba en el vientre! Antes de que fuera demasiado tarde.

—Bueno; pero no lo hiciste —dijo Rosaline—. Y ya es hora de que dejes de incordiar y te metas en la cama. Vamos. Te quitaré la faja.

La anciana se levantó un refajo de punto, negro, morado y verde, antes de que su hija llegara a unos pantalones de perneras largas, elásticas. Fue como pelar una especie de alcachofa. Rosaline la libró de una faja profusamente almohadillada. La vieja se pasó dos manos consumidas por su vientre redondo y volvió los ojos hacia tío Ubriaco.

—¡No sabes lo que sufro! —agarró a Francis de un brazo y le acercó la cara—. Tú eres joven. ¡Consérvate joven y feliz! ¡En cambio yo! ¡Ay Dios, me paso la noche y el día retorciéndome de dolor!

—¡Vete a la cama, madre! —gritó Rosaline desde el fregadero—. Deja de hablar. Sube, y te prepararé tu *cataplasme*.

Refunfuñando, la anciana toqueteó con sus dedos el brazo de Francis como buscando un insecto, luego cogió un pequeño candil de la mesa y emprendió dolorosamente la subida.

El otro lado del río era un mundo diferente al del pueblo. Tío Ubriaco plantó la tienda, con mano poco experta, a la sombra de los monstruos sobresalientes. Apartó unas cuantas piedras y preparó un lecho de arena. La tienda se alzó como un impertinente pañuelo de bolsillo. A unos metros, el río corría blanco entre las piedras, se precipitaba en una poza verde y profunda, y proseguía suave y ancho. La poza era el punto más hondo del río en un centenar de metros. Una roca como una seta gigante se alzaba en medio, hundiéndose en las piedras de abajo.

Francis se sentó en el borde de la poza, donde era poco profunda, a lavarse los dientes. Los pececillos desayunaban la pasta de dientes y saliva que él escupía al agua. Francis pensaba en el calor y en el agua que le rodeaba y en el otro pueblo —no Saint-Roc— que emergía de una alta escarpadura, río arriba. Era blanco, con torres y negros cipreses; pero parecía desierto.

—Creo que deberíamos subir allí —dijo a Ubriaco, que se fingía una serpiente de mar sobre una seta.

—Hoy hace mucho calor —replicó tío Ubriaco, levantándose elegantemente sobre sus patas traseras o cola y moviendo los brazos con aire ausente—. Y dentro de una hora hará aún más —desapareció en el agua con un plop. Surgió su cabeza un momento después, suave y mojada—. Y no me gusta darme caminatas en los días de mucho calor. No me importa nadar o volar o dormir, o incluso beber. Pero no me gusta andar —su voz se fue haciendo más débil, a medida que nadaba.

—Podríamos ir nadando —dijo Francis cuando la blanca cabeza volvió a estar al alcance de su voz.

—No podemos subir el barranco nadando —replicó tío Ubriaco con sensatez.

—No; no podemos subir el barranco nadando —dijo Francis pensativo. Observó a Ubriaco jugando oscuramente debajo del agua con una nube de pececillos alrededor de la cabeza.

Hacia mediodía, tío Ubriaco salió de la poza. Sus ojos eran aún como dos hermosos peces azules; su cabello se secó en forma de blancos, vaporosos plumones al sol. Se tumbó en las piedras junto a Francis.

—Lo que más me gusta del mundo son las piedras calientes —murmuró, acariciándose el vientre—. ¿Y el agua? Qué buena vida nos estamos dando, Francis. Me gustaría atrapar algunos de esos pececillos para freírnoslos. Están buenos —prosiguió, con una sonrisa cruel—. Con unas gotas de limón, y crujiendo entre los dientes. Tengo hambre. Ve a la tienda y tráete el queso. Hay tomates también, y un poco de pan en la caja de hojalata. El vino está en la poza, junto a la tienda —cerró los ojos.

Regresó Francis y comieron morosamente en medio de una agradecida multitud de moscas. Después de comer se durmieron. Cuando despertó Francis, atontado por el sol, vio el pueblo de río arriba, que se iba volviendo morado con las sombras. Tío Ubriaco roncaba con una serie de notas ansiosas y extrañas que solo él era capaz de producir: Francis se dio cuenta de que podía bailar con ese ritmo. Poco después despertó tío Ubriaco también, con una sonrisa inconsciente.

—Podemos ir a tu pueblo. Ahora ya no me importa ir —dijo.

Un pequeño sendero conducía a un arco en ruinas. Cuanto más se acercaban a Mâze, el pueblo, más solitario parecía. En el polvo había un antiguo fragmento de chatarra de origen desconocido. Al otro lado del arco, las callejas eran oscuras como la noche. Había higueras aquí y allá, en el interior de los huertos. Un macho cabrío extraviado salió de un portal y se detuvo orgulloso, con su hedor y su cortejo de moscas, y los miró con ojos de reptil. Lentamente, dio la vuelta alrededor de los desconocidos y desapareció en otra casa: fue el único ser viviente que vieron.

Un tramo de escalera subía hasta una puerta de estilo gótico. Solo se veía la puerta, porque el edificio mismo estaba oculto entre dos casas. Subieron la escalera y entraron en una capilla, una de cuyas paredes era de roca sin tallar. Los otros tres muros eran nuevos, aunque no estaban terminados, y las ventanas carecían de cristal.

—La pared de roca es para las apariciones —dijo tío Ubriaco—. Algún día nos vendremos a vivir aquí.

A través de una abertura se veía un jardincito y una tapia que lo separaba del vacío donde, brazas más abajo, corría el río.

Salieron y se asomaron al precipicio.

—Este es un lugar maravilloso para vivir —reconoció Francis, suspirando—. Podríamos vestirnos de obispos y celebrar misas negras en la roca.

Cerró los ojos extasiado y se vio a sí mismo y a Ubriaco vestidos de púrpura, tocados con enormes mitras y llevando cetros ornados para persuadir a los demonios de que saliesen de la roca. Vio a los lugareños de Saint-Roc mirando, murmurando atemorizados, mientras a cierta distancia, una figura alta vestida de púrpura (él mismo) era arrebatada por los aires de Mâze desierto y se quedaba suspendida en lo alto, profiriendo encantamientos. Unos minutos después otra figura, más alta aún, sosteniendo un cáliz y escoltada por diez formas negras, daba tres vueltas solemnes en círculo y, poniéndose boca abajo, murmuraba ofensas a la humanidad. Vio al párroco predicando en voz baja a sus pálidos feligreses en la iglesia de Saint-Roc, señalando de vez en cuando con dedo tembloroso por encima del hombro.

Cuando volvió de su deliciosa ensoñación, Francis vio a tío Ubriaco dando vueltas, canturreando y recogiendo lo que Francis tomó por flores. En realidad cogía yerbecitas espinosas que tenían una fragancia extremadamente dulce.

—Hay una leyenda en esta comarca —dijo Ubriaco, atando un gran ramo de yerba— según la cual hubo una vez una doncella sumamente fea, tan horrorosa que nadie era capaz de mirarla a la cara. Así que se veía obligada a ir con velo. Sin embargo, tenía un pelo muy hermoso; y una noche oscura, se dice que un brujo se enamoró de la fragancia de su pelo; por la mañana se horrorizó de tal modo al verle la cara que la enterró... toda menos el pelo. Esta yerba es el resultado. La llaman *rizosdemiralda*.

Francis aspiró profundamente la fragancia de las yerbas, y sintió un leve mareo: «Qué olor más denso».

—Cuando cojo rizosdemiralda, imagino siempre que estoy eternamente a salvo de emborracharme —tío Ubriaco parecía hablar consigo mismo—. Creo que ya tenemos bastante. Vamos a ver, necesitaremos una piedra plana y otra redonda. El sol está bajando.

Tenemos que darnos prisa, antes de que oscurezca demasiado.

Francis le siguió por el pueblo sombrío, oliéndose de vez en cuando los dedos que sujetaban los dulces tallos de rizosdemiralda. La tienda estaba abajo; Ubriaco encontró las piedras que quería, y pidió a Francis que encendiese una vela de cera. Con las piernas cruzadas delante de la tienda, molió las yerbas entre las dos piedras.

—¿Ves? —explicó a la figura silenciosa de Francis, sentada un poco aparte de espaldas al río—, hace estupendos cigarrillos. Mucho más baratos, y mejores. Todo lo que necesitamos es papel de arroz, que se encuentra fácilmente en el pueblo.

Cuando hubo molido suficiente, cogió una jarrita de piedra, y con un cuchillo rascó en ella los restos leñosos de rizosdemiralda que quedaban. Luego encendió un pequeño fuego alrededor de la jarra. La mezcla olía de manera deliciosa.

—«Iquer laquer boteazul» —citó.

lquer laquer, solitaria.
La luz de la vasija
es guía verdadera y sendero
para los pies del cencerro
que con interminable cerrazón
retuerce el corazón y el pezón
de las cebollas de Tartaria.

»Es uno de mis poemas —explicó, poniéndose de pie—. Lo compuse hace un año, mientras escuchaba «Eine kleine Nachtmusik» en el Albert Hall. Pensaba en la madre patria… Como ves, a veces me pongo nostálgico…

»Lo que debemos hacer es cenar pronto. Vamos, crucemos el río antes de que se me caiga el estómago al suelo. Este fuego aguantará hasta que volvamos, y estará a punto para entonces.

Cruzaron chapoteando el río, que en el centro les llegaba solo hasta la rodilla.

Rosaline estaba de pie en la terraza cuando llegaron a la plaza.

—Hace tres días que no venís a verme —gritó—. Si queréis, os puedo hacer de cenar.

En la escalera de la terraza había un niño sentado con un sombrero de papel; estaba fumándose un puro y escupía de vez en cuando hacia su hermana de perfil; ella no podía verle porque tenía ciego el ojo de ese lado de la cara. Estaba sentada en una silla con las manos descansando ociosamente en el regazo. Rosaline no les hizo caso:

—No os olvidéis de mí —dijo, sonriendo a Francis—. Id a comprar comida. Puedo haceros una tortilla; o berenjenas con tomate frito.

—Berenjenas estaría bien —replicó Ubriaco—. ¿Dónde las compramos?

—En el huerto de la señora de enfrente —dijo Rosaline—. Las cogerán de la mata, así que estarán frescas.

Salió de la casa una señora enorme con unas tijeras puntiagudas en la mano. Anduvo contoneándose entre las matas de berenjenas y escogió dos gruesos globos morados que colgaban entre las hojas espinosas.

—Son buenas —reconoció—; pero hace falta que llueva un poco —tendió a Francis las dos piezas—. Ahora los tomates —prosiguió, hurgando en lo oscuro—. ¿Cuántos?

—Seis.

—Aquí tiene; también tengo lechugas: hermosas.

—Denos una, también.

Volvieron a Rosaline Pirigou como reinas del mayo. Rosaline desapareció en la cocina.

Francis y tío Ubriaco se sentaron en la terraza con sus dos silenciosas compañeras. Ubriaco ofreció un cigarrillo a la muchacha medio ciega, que lo rechazó y aceptó al mismo tiempo. Se llamaba Claire, dijo. ¿Qué hacía? Ah, se distraía cuidando las cabras de su padre. Su padre era el que se ocupaba de los entierros en el pueblo… era el hombre de oscuro que venía por allí. Llegó, se sentó y cogió también un cigarrillo. A continuación llegó la hermana más joven, una chica de quince años con un bebé. Había asimismo dos niños pequeños mirando, miembros de la misma familia, muy callados. Poco después salió Rosaline y puso en la mesa un plato de berenjenas en su punto como pescados en salsa roja.

—¡Si tenemos aquí al encargado de las pompas fúnebres! —comentó Rosaline, mirando agresivamente a la familia entera—. Si quieres que te tomen la medida ahora mismo para el ataúd, Francis, este es tu hombre —el de la funeraria se levantó y se metió en el café—. Ahí tienes a la pequeña Élise —dijo Rosaline, impávida, señalando a la hermana de quince años—; ya es madre, la infeliz.

—Es verdad —dijo Élise, dando palmaditas al bebé.

—Su hermanita de ocho años fue violada por el mismo hombre. ¿Y no es también el padre de tu segundo hijo, Claire?

—Así es —dijo Claire, soltando una bocanada de humo de su cigarrillo.

—Es un puerco —dijo Rosaline, sentándose junto a tío Ubriaco—. Va siempre borracho por el pueblo. No me gusta venderle bebida, pero una tiene que vivir. Lo intentó conmigo, ¡pero le di una patada en las partes que más falta le hacían! Se llama Pierre de Trignan. Cuando Élise tuvo el niño, se armó gran revuelo porque se ahorcó un señor de ochenta años. Corrió el cuento de que estaba asustado de Trignan —las dos chicas asintieron a la vez con la cabeza—. Vinieron al pueblo los gendarmes y demás. De ese mismo árbol se colgó —añadió, señalando las ramas—. Nunca nos hemos explicado cómo pudo subirse ahí un señor tan viejo, pero ahí estaba cuando abrí los postigos por la mañana, balanceándose delante de mis propias narices, ¡y con la cara negra! ¡Válgame Dios, estaba muerto! Di un grito que despertó a mi madre, soltó ella un grito también, y nos pusimos las dos a chillar, que válgame Dios. ¡Con el pobre señor Édouard balanceándose como un racimo de uvas malas! —toda la familia asintió tristemente.

—Así es como estaba —dijo Claire, parpadeando con el ojo sano—. Y creíamos que no se iban a marchar nunca esos *sacrés* gendarmes. Andaban mañana, tarde y noche husmeando en los asuntos de todo el mundo —y volvió a sumirse en su habitual silencio.

Desaparecieron uno tras otro los miembros de la familia, disolviéndose el círculo de rostros, hasta que Francis y tío Ubriaco se quedaron solos con Rosaline.

—Son una familia de cuidado —dijo Rosaline, hurgándose los dientes—: unos ladrones consumados, todos ellos.

—Quizá porque son pobres —sugirió Ubriaco, que se sentía atraído por la familia del sepulturero y sus hijos—. De todos modos, yo no creo en el trabajo.

—Te quitarían ese precioso reloj, ¡así! —dijo Rosaline, chascando los dedos—. ¡Son muchas las bragas, las cucharas y los vasos que han desaparecido de esa manera! —se volvió hacia el anciano que estaba sentado en silencio en el rincón.

—¿A que sí, Simón?

—Ahhh —murmuró el anciano, mirando fijamente ante sí con ojos dóciles mientras liaba un cigarrillo con dedos abstraídos.

—A Simón le limpiaron unos preciosos pantalones de domingo. ¿Eh, Simón?

—Ahhh —dirigió una mirada dulce, vaga a Francis y a tío Ubriaco, y luego pareció olvidarlos.

—Simón es demasiado viejo para hablar —explicó Rosaline—. Pero escucha todo lo que se dice, y bebe demasiado. Ve a traerme un cubo de agua, Simón.

—Mummmmmmm.

El anciano fue a la bomba y regresó tambaleándose con el peso del cubo. Luego se sentó y retomó su ensoñación donde la había dejado.

—Chochea ya —comentó Rosaline—. Pero es simpático, el viejo.

El reloj del pueblo dio la hora. Francis y Ubriaco se levantaron para irse.

—Bueno, que paséis buena noche —dijo Rosaline—, y no os ahoguéis por el camino —se echó a reír sonoramente, y dio un golpecito a tío Ubriaco en el brazo—. Mañana Simón os llevará unos higos del «Club Simón». Tiene conejos cebados, también. ¿Eh, Simón?

—Ahhhh mmmm.

—Y una de estas noches os voy a guisar un conejo. Me sale muy bien.

Regresaron a la tienda a la luz de la luna, después de comprar Ubriaco varios libritos de papel de fumar. El agua discurría sosegadamente frente a ellos. Aún brillaban las brasas alrededor de la ollita de piedra, y el aire se endulzaba con el olor de los corrales de alrededor. Los grillos vibraban excitados mientras ellos examinaban la mixtura: había espesado, formando grumos medio pegajosos, medio quebradizos. Tío Ubriaco enfrió el pequeño recipiente en el río; una nube de vapor se elevó de donde lo sumergió. Luego volvió e hizo cigarrillos con rizosdemiralda cocida.

—Verás lo buenos que son —dijo, encendiendo cada uno un cigarrillo—. En realidad, mañana deberíamos tener carta de Hector; me gustaría saber cómo marchan las cosas en París. Me pregunto si Hector sabrá escribir.

—No sé —dijo Francis distante; porque su propia voz parecía llegar de una parte de sí mismo lo menos siete metros por encima de su cabeza—. Aunque no creo que tenga importancia.

—Ah, sí la tiene —replicó tío Ubriaco de lejos, desde el barranco—. Porque ¿cómo puedo tener noticias si Hector no sabe escribir?

—Telefoneando —chilló la voz de Francis casi inaudible, tanto era lo que se había elevado.

—Pero telefonear es muy caro —dijo Ubriaco con voz hueca; y estaban de pie, delante de la capilla, en el jardincito—. Además, no quiero que sepa mi número de teléfono.

Francis descendió para mirar una mata de rizosdemiralda.

—Creo que voy a coger esta. Tú no tienes número de teléfono.

Agarró la mata y se puso a arrancarla despacio.

—Lo sé; pero el pueblo es tan pequeño que nos localizaría en seguida. No estaría nada bien.

Tras la yerba asomaron la cabeza y los hombros de una mujer: la tierra se abrió al tirar Francis con no mucho esfuerzo.

—Bueno, aquí tenemos a Rizosdemiralda —dijo, volviéndose—. Aunque no parece demasiado viva.

—No —replicó tío Ubriaco pensativo—. Eso significa que no has cogido bastante. Naturalmente, Hector sabe la dirección, pero no creo que sea tan asno como para que nos descubra.

—Espero que no —dijo Francis, sosteniendo a Rizosdemiralda con una mano. Pero la mata pesaba y empezó a escurrírsele por inercia hacia el hoyo otra vez.

—¿Crees que vendría ella a buscarnos aquí? —dijo Francis, mientras Rizosdemiralda desaparecía gradualmente… toda salvo el pelo, como es natural—. Me parece que sería muy desagradable que viniera.

Su voz había adquirido la rara costumbre de revolotear por encima de él en círculos cada vez más pequeños. Podía ver que la voz de Ubriaco hacía lo mismo. La de Ubriaco era azul pálido, con un ojo rojo, mientras que la suya era verdinegra. Se unían por arriba a las cabezas de sus respectivos dueños y jugaban a un juego gracioso de resedas.

—Hay que evitarlo —se habían posado en un árbol que quedaba casi fuera del alcance del oído, aunque se distinguían las palabras.

—Sin embargo, se está bien aquí. En realidad, se está más que bien. La cocina de Rosaline es verdaderamente buenísima a la par que simple.

—Nunca hemos sido tan felices —dijo su propia voz, tan temblorosa de emoción que se habría caído de la rama si no llega a tener la suficiente presencia de ánimo como para agarrarse a una hoja.

—Tanto mejor —replicó la de tío Ubriaco.

A la mañana siguiente llegó puntual la carta de Hector. La letra parecía obra de una persona aquejada de alguna lesión cerebral. Decía:

Muy señor mío:

Mucho le agradezco su comunicación del 13 del corr., y paso a informarle sobre la *indibidua* en cuestión, tal como Vd. me *plegunta*.

a) Escenas de muy acalorada naturaleza (o sea lágrimas, amenazas a su persona y a la persona de su *sobli-*

no, chillidos y súplicas) inmediatamente a continuación de la marcha de Vds. Los estragos *afetan* más o menos a 2 bicicletas, una ventana, una mesa Adam y un *resetáculo* para beber (que estaba sobre la citada mesa). El gato (que *espiró* poco después por unas heridas *grabes* en la cabeza, propinadas con el pie) y numerosos *ojetos* de cuando su *magestá* la reina Victoria (q. e. p. d.).

b) Período de lucidez que duró 24 horas, en cuyo tiempo la persona en cuestión visita al ministro de la guerra (sin *ésito*) para averiguar el paradero de Vd. También la oficina de correos y la comisaría de policía. Proporcionando en cada visita una amplia colección de fotografías, efectos personales, etc.

c) Recientemente se ha vuelto callada, con intervalos de llantos y lamentos por la afección del riñón que Vd. padece (la cual, está convencida, le acarreará la muerte), su relación con gentes vulgares, etc.

d) Por último, señor, ha escrito una carta al papa pidiendo se le envíen de Roma 50 litros de agua bendita, y que le sean entregados a la mayor brevedad.

Debo rogarle encarecidamente envíe una carta de su puño y letra a dicha persona, tranquilizándola sobre su buena salud y la marcha de la citada dolencia de riñón.

Su despertador está ya reparado, y los geranios que quedan en la casa van bastante bien.

Suyo afmo. y s. servidor

Hector.

Estaban sentados en la terraza de Rosaline tomando un aperitivo. Era el día de la fiesta y la plaza estaba llena de carromatos, perros, tíovivos y gallardetes —una mezcolanza sudorosa en medio del calor—. Claire pasaba conduciendo un par de cabras. Se detuvo delante de ellos y sonrió, con su ojo ciego blancuzco y serio, y luego siguió pensando en las musarañas. Rosaline se había puesto papillotes en la cabeza y tenía dos círculos de colorete geométricamente perfectos, uno en cada mejilla. Estaba apoyada en la balaustrada presentando un trasero achatado y amplio a Ubriaco y a Francis.

—Esta noche va a haber movimiento en los arbustos —comentó por encima de su hombro izquierdo—. Claire cobra a cinco francos la vez.

—¿Y vosotras, no hacéis nunca el amor? —preguntó Ubriaco, desalojando de su nariz una mosca.

Rosaline exhaló una bocanada de aire entre sus labios con sonido realista.

—¿Yo? ¡Ahora no! En toda mi vida, me he acostado solo con un banquero... Aparte de eso, ¡fut!

—¿Y con tu marido?

—Solo viví un mes con ese cerdo borracho. Esta noche habrá baile en la plaza. Bailaremos una java, ¿eh?

—Sí —dijo tío Ubriaco—. Yo bailo la java la mar de bien. Francis atenderá el café mientras bailamos.

Hacia el anochecer volvieron a cruzar el río y se metieron en el tumulto de sudorosa, bamboleante, escupiente humanidad. La orquesta tocaba una música lenta, y cada músico iba a su aire sin tener en cuenta a sus compañeros. El polvo se agitaba de tal manera que los bailarines eran invisibles de rodilla para abajo. Sin embargo, seguían moviéndose afanosos, sacándole el máximo de sudor posible a sus parejas respectivas. El olor era espantoso.

El Café Pirigou estaba abarrotado de campesinos completamente ebrios. Rosaline presidía regiamente, engalanada con todos los rojos, azules y verdes existentes bajo el sol. Su peinado era fantástico. Lucía una gran mancha de sudor debajo de cada brazo, donde los colores se fundían en fantástica confusión.

—Creía que ibas a escabullirte para no bailar esa java —gritó feliz por debajo de una bandeja de *bocs* y *diavolos*—. ¡*Sainte Vierge*! ¡Te habrías ganado una buena, si no llegas a venir!

»¡Eh, tú, viejo Jean, toma esta bandeja! Y dile a Simón que se dé prisa con los vasos limpios. Voy a bailar con este señor —atrapó a tío Ubriaco como un torno viviente y lo arrastró fuera de la vista. Francis se descubrió a sí mismo bebiendo con un grupo de individuos de aspecto depravado y sumándose a un coro que entonaba la *chanson nationale*. Joseph atacaba los solos con un vozarrón enorme y el rostro convertido en un grumo semiinforme, de los tomates que le habían arrojado: esta fue su única intervención. Pidieron a Francis que cantara alguna canción inglesa, así que les cantó «Hark! Hark! Hark! The Lark» con dudosa voz de soprano, «Who is Silvia?» y «Pussy Cat, Pussy Cat, Where Have You Been?».

Acababa de llegar al último verso de la primera estrofa, cuando surgió en el balcón un rostro extraordinario, con una reverencia. «Evidentemente es una mujer», pensó Francis, deteniéndose de repente en «cogí un ratoncito...». La mujer le estaba mirando a la cara, y a Francis le dio la impresión de que la conocía. Tenía unos feroces ojos verdes imposibles de olvidar, una nariz larga y puntiaguda que casi le ocultaba su boca pequeña, ahora apretada en una tierna sonrisa, y un pelo abundante, crespo y pajizo. Pero no conseguía recordar dónde había visto a esa mujer. Ella le hizo una seña tímidamente, y Francis fue. Una vez que se pusieron a bailar, Francis tenía que hacer esfuerzos para respirar, de lo rápido que giraban en el polvo. Pero no podía pedirle que parase; parecía muy refinada y envolvente, aun cuando su cuerpo despedía un fuerte olor a cabra.

—Qué chico más encantador eres —comentó, dando una doble vuelta. Su voz era una voz apagada y cantarina, y completamente clara por encima del chirriar de los músicos—. Y qué bien bailas; anda, cógeme el pecho izquierdo, por favor.

Francis obedeció, a pesar de que le produjo una ligera náusea.

—Como ves, soy verdaderamente aristocrática. Como es natural, habrás oído hablar del marqués de Pfadade, ¿no?

—No —dijo Francis sin resuello.

—Es mi padre —sonrió, dando un gran salto en el aire y enseñando un par de piernas musculosas—. Yo soy Phœbe, su hija única.

Cuando dejaron de bailar, Phœbe llevó a Francis a la sombra de un árbol y siguió sonriendo enigmáticamente. Bajo una lámpara que parpadeaba cerca, un montón de efímeras bailaban su único día de histeria. Francis jadeaba como un caballo agotado.

—Pobre chiquito cansado —dijo Phœbe, acariciando la mejilla de Francis con un gesto vago y gracioso—. Tenéis que venir a visitarme tú y tu distinguido tío —dejó escapar una risita—. Aquí tienes mi dirección —estaba escrita con tinta malva—. Ahora debo regresar a casa... tengo mucho que estudiar.

—No te vayas —dijo Francis de repente, recobrando la voz—. Ven a beber, y así conoces a mi tío... Ah, pero ya le conoces, ¿no?

—No personalmente —contestó ella con timidez—. Pero, por supuesto, sé su nombre.

—Entonces ven a tomar algo.

—No, no. ¡En realidad no quieres!

—Pues claro que sí —dijo Francis, incómodo ante sus ojos penetrantes—. No se lo habría pedido si no —se daba cuenta de que en realidad no le gustaba Phœbe, aunque no era capaz de apartarse de ella.

—No, creo que no voy a ir.

Francis no sabía si no había una leve amargura en la sonrisa de Phœbe que parecía perenne.

—Bueno, déjame acompañarte al coche.

—Ah, no, mi pequeño camarada.

—Entonces, ¿vamos a visitarte? —dijo con cierto recelo.

—Sí —dijo Phœbe, rodeándole el cuello con el brazo—. Venid. Será mejor que me lo prometas. ¿Me lo prometes? Y tráete a tu tío.

—Lo prometo —dijo Francis, deseoso de que le soltase.

—Eso está bien. Buenas noches, mi pequeñín.

Phœbe le dio un besito en la nariz y se fue dando saltos con sus grandes pies silenciosos, cantando tristemente mientras se alejaba. Poco después, a Francis le pareció oír un caballo al galope por el puente de Saint-Roc.

Tío Ubriaco había estado buscándole y parecía algo enfadado.

—¿Quién es tu amiga? —preguntó—. ¿Sabes que llevas tres horas sin dar señales de vida?

—¿La habías visto antes? —preguntó Francis—. Yo creo que sí.

—¡Nunca! —replicó tío Ubriaco secamente—. Parecía aterradora. ¿Quién es? Francis se lo explicó.

—Bueno, teníais una pinta bastante rara, retozando por la pista: a la única que se veía era a madame la Marquise; a Francis casi nada. Es hora de irse a dormir.

La gente comenzaba a desfilar, dejando un mar de basura tras de sí.

Se dieron un baño en la poza antes de acostarse. Tío Ubriaco estaba muy callado, y a Francis le costó algo conciliar el sueño esa noche porque estaba atento a los ruidos de fuera. Cuando finalmente se durmió, se levantaron las piedras y se pusieron a hablar con un grupo de erizos muertos y una urraca solitaria.

—Ha llegado la hora —dijo un trozo de granito— de que la postura se lleve a una conclusión lógica.

—De que se la lleve, se la arrastre o se la incline a palos —añadió secamente un erizo—. Según el caso.

—Aquí vienen las criadas —dijo la urraca.

—Yo represento la aflicción. Alargadme el sombrero, muchachos: nos vamos —del río subía una fila de criadas en formación militar.

—Ojalá pudiera participar Phœbe —dijo un trocito de mármol—. ¿Qué diablos hace?

—Está estudiando sus folletos —dijo el erizo—. Empollándose esos dichosos folletos. Es bastante rollo, la verdad.

—Yo represento la aflicción —repitió agresivamente el erizo—; y la teoría del asunto es lógica. Lógica pura e insufriblemente matemática; aunque tiene ventajas. Va siendo hora de que reclamemos la nuestra (yo ya la he resuelto por la raíz cuadrada).

—Empecemos por la Oración del Señor —dijo el granito—. Y tomemos los benditos Hemisferios como vengan —todo el mundo rió—. Bueno, ¿dónde está el obispo?

Francis se vio a sí mismo corriendo hacia el grupo, levantándose su larga vestidura púrpura con una mano, y con un enorme breviario en la otra. Llevaba la mitra torcida y el ceño preocupado.

—Disculpadme, hermanos —dijo jadeante, enderezándose la mitra y enjugándose la frente—; me han entretenido en una extremaunción.

Hubo un rumor de asentimiento, y una porción de roca calcárea dejó escapar una risita.

—Vamos a ver —dijo él con severidad, colocándose unos quevedos en la punta de la nariz—; oigamos el himno inicial: «Fe de nuestros padres, sagrada fe», etc.

Se cepilló los dientes mientras cantaban, marcando el compás con un pie.

—Alto —dijo arrojando el cepillo de dientes al río—. Es suficiente. Empezaré con un S.O.S. La señora James Jeffery (no se sabe nada de ella desde el año 200 a. C.) que haga el favor de volver directamente al Saint George's Hospital a reclamar un giro de cien libras

—hizo una pausa al tiempo que una tormentosa nube-cilla de moscas blancas le ocultaba el rostro—. Y, por favor, tratadme con amabilidad —añadió, emergiendo bastante pálido—. Creo que no podré resistir lo que va a suceder.

Los congregados se pusieron a murmurar entre sí, y el más muerto de los erizos se puso de pie en cali-dad de portavoz. Tosió y se apartó unos pelos sucios de los ojos.

—Resulta desgarrador —empezó con voz monóto-na—; pero es cuestión de uñas largas. Ni todos los grandes de este mundo (amén) pueden ayudar a Su Señoría.

Una expresión de negro abatimiento contrajo el semblante de Francis.

—Pero yo creía —dijo con voz entrecortada— que si uno tiene valor…

—El valor —dijo el erizo, ocultando una sonrisa con su garra— es dudosa virtud. Su Señoría debería pata-lear y berrear y gritar y observar un comportamiento histérico en general. Además, Su Señoría sabe que no conmueve.

—Lo sé —dijo Francis volviéndose hacia otra parte con un nudo en la garganta.

—Estáis hecho para andar erguido sobre los pies —prosiguió el erizo implacable—. Sois demasiado in-genioso.

—Lo sé —dijo Francis otra vez.

—Sois violento. Sabéis que la suerte no significa nada en realidad; estáis al corriente sobre la Nada y la tremenda idiotez del destino.

—Ah, sí. Lo sé —a todo esto le corría un río de frías lágrimas por cada mejilla, aunque nadie hacía caso; parecía solo y pequeño, envuelto en su enorme ropaje púrpura—. ¿No puede alguien cogerme la mano, por el amor de Dios? —preguntó, mirando en torno suyo. Todos mostraban una actitud negativa y parecían incómodos—. De acuerdo, olvidadlo. ¡Tres hurras por nuestros lanceros indios!

Se pusieron todos a bailar, y Francis saltaba arriba y abajo, gritando y riendo; aunque sus ojos tenían una mirada asustada e infeliz.

A las seis de la mañana, el sol dio en la parte superior de la tienda, despertando a Francis y a tío Ubriaco.

Tuvieron que meterse en la poza para refrescarse, hasta que la sombra del barranco llegó lo bastante lejos como para salir.

—Llevamos ya tiempo aquí y no hemos hecho ni una sola excursión en bicicleta —dijo tío Ubriaco, completamente oculto por el agua salvo la nariz y la boca—; y Roger y Mabel no han hecho ejercicio alguno. Eso no les sienta bien.

—Creo que sería buena idea —replicó Francis—. ¿Por qué no le hacemos una visita a Phœbe?

—Sí —dijo tío Ubriaco—. Podemos hacérsela. Ve a traer el mapa.

Phœbe vivía en la montaña de donde —según los campesinos— venían las tormentas que hacían crecer el río a proporciones milagrosas. Su montaña particular se llamaba Piedbrûlé, 'Pie quemado'.

—Si salimos dentro de media hora —dijo tío Ubriaco—, podemos estar allí a la hora del té. Hay un camino difícil, pero arriba se estará más fresco.

Desplazó su uña desde Saint-Roc a Œufmorte y Piedbrûlé. Ubriaco estaba desnudo, salvo un sombrero verde de pescar adornado de moscas para el salmón. Francis, al observarle, sintió un poco de tristeza; pensó que jamás querría a nadie tanto como quería a tío Ubriaco.

—Ea —dijo Ubriaco, señalando Œufmorte—; vamos a almorzar. Parece que hay apetito —Francis apenas oyó lo que decía—. Tenemos que engrasar las bicicletas y llenar las lámparas. Supongo que habrá que vestirse también. Ahora voy a zurcirme los pantalones.

Francis siguió sentado, cortándose las uñas de los pies, como sumido en un sueño. Ubriaco renegaba en voz baja en la tienda, fastidiado por las moscas.

Tres cuartos de hora después salieron del pueblo con elogioso estilo, seguidos de perros, niños, piedras y apreciación general. La primera parte del trayecto fue casi insoportablemente calurosa, pero hacia mediodía empezaron a subir las montañas más altas.

Grandes nubes tormentosas y negras se enroscaban detrás de las montañas y rugían entre los peñascos distantes. Œufmorte era una casa y un granero; un grajo fue a posarse chillando en el tejado. El viento era frío y hacía tabletear las ventanas. Comieron caza para almorzar, y Francis volcó una botella entera de vino tinto sobre tío Ubriaco, que le acusó de haberlo hecho adrede.

Las otras tres personas que participaron en el almuerzo parecían exactamente iguales: hasta en sus sombreros negros y en el tamaño de sus enormes bigotes. No intercambiaban una palabra; solo se miraban unos a otros, y a Francis, o se paraban a darle una patada a dos perros ocupados en despedazarse mutuamente debajo de la mesa. Poco después la habitación estaba salpicada de sangre, pero nadie se preocupó; y la patrona, que parecía un verdugo medieval, sacó queso.

—¿Han terminado? —dijo con ferocidad—. Bien, aquí está el postre —amenazó a tío Ubriaco con un queso de cabra y un racimo de uvas algo arrugadas—. Y ahora voy a traerles la cuenta.

Los estafaron descaradamente, pero salieron apresuradamente sin discutir. Cuando se alejaban, Francis entrevió las tres caras cetrinas con sus bigotes furtivamente pegadas a la ventana.

Cuanto más avanzaban, más hostil se hacía el paisaje. Los árboles se iban volviendo esqueléticos, y los peñascos abruptos y monstruosos. Los pájaros, lúgubremente posados en unas matas costrosas o cruzando veloces el aire, eran todos negros, y sus voces parecían airadas; el camino que ascendía entre las montañas era una cinta andrajosa y chorreante y llena de bultos; apenas se veía un alma viviente, y los que pasaban los miraban con tal odio que se veían obligados a acelerar el paso.

Hacia las cuatro habían alcanzado la mitad de la cuesta que subía hasta Piedbrûlé. En una depresión de la cima, toparon con la granja del Marqués. Estaba ennegrecida y chamuscada por la acción del tiempo. Detrás del edificio había un gran campo gris. Un caballo galopaba alrededor; sobre su lomo iba erguida una figura fácilmente reconocible como Phœbe Pfadade, la cual hacía restallar un látigo largo. Solo llevaba puesta una chaquetilla militar. Estaba demasiado absorta en su ejercicio para notar la presencia de Francis y tío Ubriaco. Tronaba dando vueltas y vueltas, profiriendo gritos de caza e insultando al ya enloquecido caballo que exhalaba una especie de gemido cada vez que el látigo le hacía un verdugón en la barriga.

Llegaron al portillo del campo antes de que Phœbe obligara al caballo a detenerse. Estaba temblando y cubierto de espuma y sangraba en varios sitios.

—Ha venido un buen chico —dijo Phœbe al caballo, dándole unas palmaditas cariñosas—. Me gustan mucho los animales mudos —explicó, y se inclinó hacia tío Ubriaco confidencialmente—. He oído hablar mucho de usted, sabía que estábamos destinados a conocernos.

Tío Ubriaco pareció replegarse hacia dentro.

—Es curioso cómo actúa el destino —prosiguió ella, enlazando su brazo en el de él y alejándole de Francis—. Hace mucho mucho tiempo que nos conocemos.

Tío Ubriaco murmuró algo cortés y fijó la mirada ante sí.

—He pensado —dijo Phœbe— en la cantidad de cosas que podrían derivar de una amistad entre nosotros. Una amistad —dijo, ladeando la cabeza y sonriendo maliciosamente— como la que puede haber entre dos hombres. Entre dos seres que hablan una misma lengua. ¿No cree que es hermoso? ¿Hermoso en un sentido rigurosamente limpio?

Tío Ubriaco murmuró otra vez, y se volvió para mirar a Francis, que los seguía a desalentada distancia.

—Quién sabe —dijo Phœbe, llevándolos por el interior de un cobertizo lleno de ovejas y jaulas de conejos— si no habrá alguna conexión astral entre nuestros planetas.

Entraron en un pasadizo mal iluminado en cuyo final podía verse una luz que se filtraba por la rendija de una puerta. Phœbe los llevó a la habitación donde había sentado un anciano caballero de sorprendente distinción. Estaba estudiando un gran volumen en piel, y dejó que se adentraran bastante en la habitación, antes de dar un gran salto y ponerse en pie con mil excusas.

—¡Comprenda, mi querido señor: estaba absolutamente absorto en mi estudio! Mucho gusto en conocerle, señor; y este es, sin duda, su joven y encantador amigo, ¿no?

»Permítame que les ofrezca un pequeño refresco. Aunque no llego a producir su dorado whisky inglés —dijo con una sonrisa de disculpa—, tengo un excelente jerez; un jerez… Bueno, lo va a apreciar por sí mismo, señor. El chico probará un poquitín, también. Dicen que en Inglaterra se cultiva el paladar desde muy temprana edad, ja, ja.

Hizo una seña a Phœbe, que aún estaba desnuda, de que fuera al aparador. Allí eligió Phœbe una botella negra y polvorienta y cuatro vasos que parecían ligeramente sucios. El Marqués quitó el tapón con infinito cuidado y sirvió a cada uno un cuarto de vaso.

—Por su salud —dijo el Marqués, alzando su vaso hacia el techo— y su buena suerte; sin mencionar su valor al visitar a un viejo solitario en su ermita —muy delicadamente, dio un sorbito y alzó los ojos una fracción de segundo—. ¡Ah!, la misma calidad madura —dijo, posando la mano en el hombro de tío Ubriaco—; sin duda le apasionan también las ediciones príncipe, ¿a que sí?

—Depende de lo que contengan —contestó tío Ubriaco—. He hojeado ediciones príncipe que me han puesto enfermo.

—¡Ah, los libros, los libros! —dijo el anciano caballero con éxtasis—. ¡Qué emoción, tocar la piel gastada por los años y las amarillentas páginas bendecidas por dedos venerables! Yo tengo una pequeña colección, señor, que sin duda podría interesarle. Déjeme ver —fue presuroso a una estantería con puertas de cristal que parecían no haber sido abiertas desde generaciones—. ¡Ah, queridos amigos —dijo, dirigiéndose a una fila de libros de aspecto inexpresivo—, cuánto tiempo paso inclinado sobre vosotros en mi soledad! —sacó dos volúmenes en piel marrón—. Estos —dijo, acariciando sus cubiertas— son auténticas ediciones príncipe firmadas por el autor.

Al cabo de un par de horas, había tres mesas de patas largas atestadas de libros de todos los tamaños. Estaba llegando Ubriaco a la exasperación, cuando Phœbe anunció la cena.

El comedor era una de las habitaciones más frías que Ubriaco y Francis habían conocido. El viejo marco de la ventana dejaba entrar ráfagas de aire que hacían estremecerse las velas. Pero el Marqués y su hija parecían inmunes al frío. Hablaban y hablaban con creciente volubilidad ante una comida tibia consistente en un exiguo charquito de sopa en cada plato, una patata y un cuadradito de queso que los invitados se vieron en la necesidad de rechazar ante la evidente imposibilidad de sobrevivir a su circulación completa. Tras largo y cuidadoso estudio, explicó el

Marqués, había llegado a la conclusión de que la única salvación posible para el género humano estaba en el vegetarianismo.

Después de cenar, les fueron mostradas a Francis y a tío Ubriaco sus habitaciones, y los dejaron a solas. Las dos tenían una temperatura muy parecida a la del comedor; pero era demasiado tarde para regresar esa noche a Saint-Roc.

—Para no morir congelados —comentó tío Ubriaco—, no tendremos más remedio que pasarnos la noche haciendo gimnasia. Es la comida más vergonzosa —prosiguió, acalorándose de pensarlo— con que me han insultado. Y ahora supongo que para conservar la poca vida que nos queda en el cuerpo tendremos que bajar a aguantar a ese viejo mono farfullante y a su monstruosa hija junto al único fuego encendido de la casa, hasta que nos acostemos para morir de exposición.

Bajaron a tientas la escalera, que se hundía en negras tinieblas, y fueron palpando hasta que tocaron la puerta. Tío Ubriaco supuso que había encontrado el lugar correcto e hizo girar el pomo, que les abrió a una habitación equivocada: una cocina enorme con espléndido y rugiente fuego y un horno inmenso que difundía un olor a asado. Miraron a su alrededor con asombro. Las paredes estaban adornadas con platos de peltre, y del techo colgaban multitud de provisiones: jamones, cintas de lomo y ristras de salchichas.

Disfrutaron del calor un segundo o dos, y luego tío Ubriaco abrió la primera alacena que le vino a mano. Dentro había una extraña colección: filas de huesos pequeños y curvados, blancos, pulidos, puestos de pie, cada uno sobre una peana, con una etiquetita atada a un extremo. 2/ABRIL/1890 D.C. BENEDICTUS DEI; 19/JUNIO/1900 D.C./BENEDICTUS DITTO, etcétera. Había miles. Tío Ubriaco y Francis se quedaron en asombrada contemplación delante de la alacena abierta, hasta que el ruido distante de una puerta al abrirse los puso en movimiento. Tío Ubriaco cerró la alacena y salieron rápidamente y en silencio al oscuro y helado pasillo.

—Presiento que volveremos a visitar esta cocina antes de que acabe la noche —susurró Ubriaco al tiempo que Francis tropezaba con Phœbe. Había llegado hasta ellos sin hacer el menor ruido.

—¡Cariño! ¡Cuánto lo siento! —dijo ella con su suave sonsonete—. Se me ha ocurrido que no encontraríais el camino hasta el salón, así que he venido a ayudaros —encontró a tío Ubriaco en la oscuridad y le dio un rápido tironcito de oreja. Tío Ubriaco hizo una mueca de dolor—. Mi padre está preparando algunos trucos de cartas.

Los trucos de cartas duraron bastante; eran enormemente complicados. El reloj de bronce dio las once antes de que Phœbe sugiriese de repente dar un paseo, cortando en seco al Marqués en mitad de un nuevo truco.

—Eso está bien, un soplo de aire fresco antes de dormir —dijo cordialmente, separándose con desgana de sus dos barajas—. Yo solía salir a respirar un poco, antes de caer enfermo del pecho —tosió brevemente a modo de explicación—. Bueno, que tenga buenas noches, señor, y también usted, jovencito. ¡Eso está bien, un buen estrechón de manos al estilo británico!

Fuera soplaba un ventarrón y llovía a rachas. La luna surgía de vez en cuando, espectral, entre negras, acuosas nubes. Phœbe cogió a tío Ubriaco y a Francis del brazo y se los llevó con terrible fuerza y premura. Parecieron recorrer un largo trecho, antes de que el fragor del agua fuera audible. Poco después se hallaban en el borde de un precipicio, mirando con vértigo las aguas de un río tumultuoso que rugía y formaba espuma.

—¿Qué tal si nos damos un baño? —rio ella.

Tío Ubriaco soltó una especie de carcajada entre sus dientes castañeteantes; pero Phœbe se había quitado su guerrera y se asomó al borde totalmente desnuda y en equilibrio. A continuación dio un salto al siniestro abismo y se perdió en la negrura.

—Dios mío. Se ha suicidado —dijo Francis—. No comprendo por qué nos ha tenido que implicar.

—Pues yo no bajo a recoger el cuerpo—dijo tío Ubriaco, esforzándose en mirar, desde el borde, hacia donde no se veía nada—. Mañana probablemente tendremos el cadáver delante de nuestra tienda.

Escucharon atemorizados el ruido terrible del río; y entonces resonó abajo una voz femenina: «¡Eeeeh oo!».

Intercambiaron una mirada.

—¿No bajáis, chicos? ¡El agua está estupenda!

Poco después apareció Phœbe en lo alto del precipicio, adonde había subido por algún medio misterioso. Antes de que tío Ubriaco pudiese protegerse, se sintió aplastado contra el cuerpo goteante de ella que, girando como un torbellino, le arrastró en su danza salvaje peligrosamente cerca del precipicio. Todos los pájaros despertaron, e iniciaron un frenético coro de chillidos, dando pasadas arriba y abajo por el cielo. La noche pareció abrirse violentamente. Luego Phœbe paró igual de súbitamente que había empezado, arrojando a tío Ubriaco a varios metros de distancia con una mano.

—Ha sido divertido —rio, ayudándole maternalmente a levantarse—. Y ahora a la cama —y emprendió el regreso a triple galope.

Una vez que se hubo retirado y acostado todo el mundo, tío Ubriaco se coló en la habitación de Francis, donde le halló completamente vestido en la cama.

—Vamos a hacer una visita a la cocina —susurró—. En mi vida he tenido tanta hambre.

Encontraron la puerta de la cocina y la abrieron sin hacer ruido. Allí estaba el Marqués, sentado de espaldas a ellos, con un plato de chuletas de cordero junto a él. No los oyó entrar.

—Esto explica —susurró furioso Ubriaco— las piezas de museo. ¡Maldita sea! —prosiguió, cerrando la puerta.

Estaba madurando la uva en Saint-Roc, y los campesinos maldecían el calor y la falta de agua. Pero el campo era feraz. Día tras día, Francis y tío Ubriaco se tumbaban al sol, se contaban historias y nadaban. Por la tarde, Francis aprendía a jugar al billar ruso. Bebían cantidades de blanco y ardiente orujo. Asistieron a una corrida de toros y visitaron algunas cuevas. Por lo demás, no se alejaban mucho de Saint-Roc.

—Sí —respondió tío Ubriaco a la pregunta de Francis, sentados en la entrada de la tienda, una mañana de extraña y mortecina claridad—. Estuve en la Gran Guerra, aunque logré escapar de ella.

Las moscas parecían abotargadas e incapaces de volar más allá de unos pocos metros sin caer al suelo.

—Estaba con uno llamado Ulrich Weg. Me pidió que cruzáramos la frontera suiza, pero perdí el último tren. Ulrich llegó a Suiza y yo me quedé atrás. Más tarde me contó cómo se las había arreglado para pasar el examen médico; no creí que lo lograra, dado que era una de las personas más sanas que he conocido... quitando a tu amiga la Marquesa.

—¿Qué hizo? —dijo Francis, sintiéndose en terreno peligroso.

—Pues entró en el despacho sin pantalones y dijo: «Guten Tag, guten Tag. Herr Doktor». Luego, cuando le dijeron que escribiese su domicilio, nacionalidad, nombre, apellido, edad, y por último fecha de nacimiento, escribió 1914 en cada apartado, sumó el resultado, y presentó el resultado al doctor. Le dejaron pasar a Suiza como lunático, inofensivo.

»Yo, por mi parte, pasé cuatro años en un campo de concentración alemán. Así que la historia de Ulrich es el único recuerdo de la guerra que tengo.

Después, cuando ya llegaban al pueblo, estalló una tormenta y empezó a llover torrencialmente, arrancando la uva de las vides y desembocando el agua a raudales en la plaza.

—Puede que crezca el río esta noche —dijo Rosaline—. Haríais bien en ir y quitar la tienda; si no, mañana por la mañana estaréis en Marsella con tienda y todo.

—¿Sabes si va a crecer?

—No tengo ni idea; depende de la lluvia que caiga en las montañas.

—Es lo que esos *sacrés* Pfadade nos mandan —dijo tío Ubriaco con amargura.

Estuvo lloviendo hasta el anochecer, y luego salió la luna. Un campesino, Noël, los llevó en bote a la tienda: estaba completamente chafada. En el trayecto, a Francis le pareció ver un gatito blanco paseando por debajo del agua. Simón los ayudó a trasladar sus cosas del bote al Café Pirigou, donde se instalaron nuevamente. No volvieron más a la tienda: la tormenta marcó un hito.

A la mañana siguiente, el sol salió tan abrasador como siempre, y el río apenas había subido de nivel, solo los montones de uva, al pie de las cepas, recordaban que había habido tormenta. Esa mañana tuvo Francis su primera pelea con tío Ubriaco. Ocurrió a raíz de un telegrama comunicado telefónicamente. Tío Ubriaco desapareció en el Hôtel du Centre y regresó sin una palabra de explicación. Ahora bien, en Saint-Roc, una llamada telefónica era todo un acontecimiento; así que Francis dijo:

—Y bien, ¿quién era?

—Nadie —dijo tío Ubriaco con sequedad, metiéndose un trozo de papel azul en el bolsillo.

—¿Qué quieres decir con eso de nadie?

—Eres muy curioso, ¿no?

—Me interesa, nada más —dijo Francis—. Naturalmente, si se trata de algo personal...

—Bueno, si quieres saberlo, era Amelia. Eso es todo.

Francis se puso en pie de un salto.

—Pero entonces sabe dónde estamos. ¡Demonios!

—No, no lo sabe. He recibido ya tres como este. Le di una dirección *à poste restante* en Chavaltras. Los telegramas los mandan desde allí.

—Entonces no tardará en enterarse, maldita sea. No me habías dicho nada de esto.

—Pensé que ibas a montar una escena.

—¿Una escena? —dijo Francis furioso—. ¿Cuándo diablos he montado yo una escena? ¡Santo Dios, lo que dices es una cochinada!

—Ahora mismo la estás montando ya —replicó tío Ubriaco.

Francis tiró un trozo de pan al suelo y abandonó el local. Furioso, bajó hasta el río, donde se le fue enfriando la cólera, y se quedó deprimido. Cuando volvió, encontró a Ubriaco con carámbanos colgándole de la boca.

—Bueno —dijo Francis en el silencio—. Bueno.

—No confías en mí —dijo tío Ubriaco.

—No, no—dijo Francis, por decir.

—Ah —dijo tío Ubriaco.

—No he querido decir eso exactamente —explicó Francis, sin saber por dónde salir—. Me refiero a que a veces haces bobadas.

—Deja que yo me ocupe de mis cosas.

—Por supuesto, no es asunto mío —contestó Francis, enfadándose otra vez—. Por supuesto, no tiene nada que ver conmigo.

—En cierto modo, sí. Pero creo que soy lo bastante mayor como para llevar las cosas a mi manera.

—Hasta ahora no lo has hecho con mucho acierto —dijo Francis, preguntándose cómo iba a acabar la cosa.

—Eso —dijo tío Ubriaco— es asunto mío.

—Bueno, déjalo ya —dijo Francis.

—Eres tú quien sigue y sigue.

—Eso es mentira.

—Vaya, ¿me llamas mentiroso? Muchas gracias.

—No, no eres mentiroso; pero a veces te olvidas de lo que ha pasado, e imaginas lo demás.

—¿Te importaría dejar de insistir en esta penosa conversación?

—No me produce ningún placer.

—Pues alguien podría imaginar que sí.

—Salgamos a dar una vuelta —dijo Francis con desesperación.

Durante todo el paseo, tío Ubriaco mantuvo un silencio pétreo. Luego Francis empezó a sentirse culpable, y habría querido hacer lo que fuera para inducir a Ubriaco a hablar.

A la mañana siguiente Ubriaco se mostró como si no hubiese ocurrido nada. Por la plaza andaba un hombre con un tambor, aporreándolo y gritando:

—¡Damas y caballeros, esta noche va a ser la presentación del mundialmente famoso Tom Angadi, Gran Kafir indio, y su médium Olga! A un franco la entrada. La función será a las nueve en la terraza del Hôtel du Centre. ¡Misteriosa! ¡Impresionante! ¡Dramática!

A juzgar por sus rizos largos y su voz emocionada, el hombre era probablemente el propio Tom Angadi, famoso Kafir.

—Me pregunto si será capaz ese Kafir de invocar a los espíritus —dijo Ubriaco.

—Espero que no —dijo Francis—. Estoy casi seguro de que en seguida vendrían detrás de mí. Parece que atraigo a los espectros como el queso a los gusanos. Cuando yo estaba en párvulos, había junto a los buzones una vieja horrible que solía perseguirme. Y otra como un pájaro negro de cuello largo que salía del desagüe del lavabo cuando iba yo a lavarme las manos. Aunque el peor era el niño del árbol. Solía aparecerse en la araucaria que había delante del cuarto donde dormían los niños. No a menudo, pero bastantes veces, de noche. Yo solía asomarme; y allí estaba, sentado en una de las ramas más altas, sin ropa.

»Yo me asustaba, pero nadie me creía cuando hablaba de él.

A las ocho y media, el Kafir y su médium instalaron una pianola y gran cantidad de sacos para tapar la vista a los vulgares mirones; a las nueve, la terraza de la Marie estaba repleta de público. La actuación del Kafir fue premiosa y poco original. Francis y tío Ubriaco vieron casi toda la función apartando medio palmo uno de los sacos. El Gran Kafir indio Tom Angadi hizo un poco de falso hipnotismo (*Vous dormez. Vous dormez*) y uno o dos trucos clásicos de conjuros, mientras la pianola hacía lo que podía.

—Me parece que nosotros lo haríamos mejor —dijo tío Ubriaco—. Mañana daremos una función de competencia *chez* Rosaline.

A Rosaline le encantó la idea.

—¡Ganaremos dinero con las bebidas! —exclamó—. ¡Y haremos que actúe Simón también! Él y Francis pueden hacer de enano: Simón será la cabeza y los pies y Francis los brazos.

—Buen número inicial —dijo tío Ubriaco—. Yo seré la *Cafard*. Me teñiré el pelo y me pintaré la cara de azul.

Por la mañana temprano se pusieron a trabajar en el cartel: GRANDE SOIRÉE DU CAFARD HINDOU. GRAN VELADA DE LA CUCARACHA HINDÚ. ENTRADA GRATIS, SALIDA FÁCIL. OBLIGATORIO EFECTUAR CONSUMICIÓN.

Lo pusieron en la terraza de Rosaline. Después de desayunar fueron en bicicleta a Pontfantôme, el pueblo donde se celebraba mercado, y compraron lo que necesitaban. Alguien les prestó un gramófono. Cuando regresaron a comer, los estaba esperando Phœbe.

—La cabeza del enano —exclamó tío Ubriaco, cuando se recobró de la primera impresión—. ¡Phœbe hará una maravillosa cabeza de enano!

—Haré un número por mi cuenta —anunció Phœbe, misteriosa—. Será un número sorpresa.

Estaba llena de ideas y retrasó bastante los preparativos. Confeccionaron un programa con los siguientes números:

1. Crecimiento milagroso de un Enano (a cargo de Mâitre Cafard, Maese Cucaracha).
2. Corrida de toros milagrosa.
3. Curación milagrosa.
4. Hipnotización de la Pantera Salvaje.

DESCANSO

5. Trucos de MacFoozle.
6. Número Sorpresa.
7. *Finale* milagroso de carácter general.

Hacia las ocho estaba todo preparado. Tío Ubriaco se había puesto una vestidura larga como un cardenal y se había teñido la cara, las manos y el pelo de azul brillante. Phœbe estaba sentada en la cocina lista para hacer de Enano, mientras que Francis vociferaba desde la terraza. No tardó en encontrarse abarrotado el café. Tío Ubriaco pronunció un discurso siniestro en tanto Francis corría a la puerta de atrás para hacer de brazos del Enano. Apareció el Enano sobre una mesa, delante de unas cortinas que separaban la cocina del café. Sonó un caluroso aplauso en todo el local. Francis disparó un cohete, recitó unos cuantos encantamientos y golpeó sonoramente a Phœbe en la cabeza con su varita mágica, tras lo cual el Enano creció hasta el tamaño de una persona corriente, y volvieron a estallar calurosos aplausos.

A continuación vino la corrida de toros, con tío Ubriaco (Maese Cucaracha), y Phœbe disfrazada de toro. Phœbe tuvo una actuación terrible: casi destripó a tío Ubriaco, antes de que este lograra hipnotizarla finalmente con una varita mágica. Francis y tío Ubriaco se encargaron del número siguiente: la curación milagrosa. Francis tuvo que aparecer vestido con una sábana, sujetándose una enorme barriga, y decir: «Señor, estoy enfermo: ¡Auuu!». Entonces tío Ubriaco le ocultó en la mesa y le hizo una gran incisión en el vientre (gemidos de Francis). A continuación, Ubriaco metió la mano y sacó despertadores, zapatos, salchichas (que olió, lamió y se comió), clavos, martillos, tomates, cadenas, un candil y serpentinas de papel. Después de lo cual saltó Francis ágilmente de la mesa y se declaró milagrosamente curado. Aplausos y silbidos del público.

Phœbe salió otra vez en el número de la Pantera, que terminó con éxito, salvo una ligera herida que recibió Ubriaco en la mano izquierda.

Después del descanso, una vez que lograron imponer silencio, intervinieron los tres en los Trucos de MacFoozle: Francis puso un montón de huevos falsos al compás del «Anges du paradis» y el galimatías de tío Ubriaco, mientras Phœbe cantaba la letra y sacaba salchichas de caballo del gramófono.

A continuación se prepararon para el Número Sorpresa. Phœbe desapareció en el fondo de la cocina. «Cuando silbe —dijo a Francis—, es que estoy preparada para entrar. Pon una polca para mi aparición.» Esperaron durante diez nerviosos minutos la sorpresa de Phœbe, mientras tío Ubriaco entretenía afanosamente al público, con el sudor corriéndole por su cara azul. Luego sonó un silbido penetrante desde la cocina. Francis puso la polca, y tío y sobrino se hicieron a un lado. Separó Phœbe las cortinas con un ademán floreado y salió a escena en corsé negro y botas altas, sujetando un macho cabrío furioso. El público se quedó petrificado. Entonces comenzó una danza satánica. La cabra se levantó sobre sus patas traseras, en actitud a la vez irritada y aterrada de su pareja. Saltaban y caían y ejecutaban las más asombrosas contorsiones en una especie de polca, cada vez más deprisa, hasta que fue difícil distinguir cuál era el macho cabrío y cuál Phœbe. Podía haber seguido así, de no saltar la cabra sobre el gramófono en un intento frenético por escapar. Phœbe, cabra y gramófono salieron volando y aterrizaron en montón sobre los asustados espectadores. Esto desató a la multitud. Botellas y sombreros saltaban por todo el local. Rosaline desapareció por la galería, pidiendo a voces protección al cielo y al infierno.

En ese momento un joven respetable, hijo de un aristócrata del pueblo, subía por la escalera de la terraza. «¿Está aquí un tal *monsieur* Ubriaco?», preguntó cortésmente. Rosaline señaló con el pulgar por encima del hombro. El joven echó una mirada a la barahúnda del café: una multitud de campesinos vociferantes, una dama en corsé negro, un macho cabrío enloquecido y, en medio de todos, una figura gesticulante vestida de rojo y con la cara pintada de azul vivo.

—¡*Mon Dieu*! ¿Cómo podré averiguar quién de todos es?

—Por la cara azul. Pero le aconsejo que no entre. Voy a llamar a un gendarme.

El joven, sin embargo, se abrió paso, escapando por los pelos de que le partieran la crisma cuando se acercaba a tío Ubriaco. Le cogió por el brazo y le sacudió bruscamente.

—*Monsieur*, le llaman al teléfono. Una señorita, hija suya, ha confundido sin duda nuestra casa con la *cabine téléphonique*. Pregunta por usted.

—Váyase —gritó tío Ubriaco, repeliendo una botella de cerveza voladora—. No me interesa.

El joven emprendió una agradecida y difícil retirada, escapando con rasguños de escasa importancia.

Más tarde, no obstante, cuando el café se hubo vaciado dejando un caos de botellas rotas y sillas volcadas, tío Ubriaco pensó en la llamada telefónica. Rosaline, Francis y él estaban sentados en las únicas sillas que habían quedado enteras, respirando agitadamente.

—Bueno, ya sabe dónde estamos —dijo Francis—. ¿Qué vamos a hacer?

—Tendremos que marcharnos esta noche. Podría presentarse aquí mañana por la mañana. Con Amelia nunca se sabe.

—¿Ha dicho el joven desde dónde era la llamada?

—No. Puede ser desde cualquier punto entre este pueblo y París.

—No os vayáis —dijo Rosaline, enjugándose los ojos—. ¡Me quedaré muy sola!

—Volveremos —dijo tío Ubriaco. Simón vagaba sin objeto por la estancia, con expresión deprimida.

—Dejaremos casi todas nuestras cosas aquí como garantía —dijo Ubriaco—. La tienda y todo. Ahora veamos, ¿a cuánto te parece que ascienden los daños causados esta noche?

—Déjalo —dijo Rosaline—. Sé quiénes estaban aquí, y haré que me lo paguen. ¿Adónde ha ido a parar la Marquesa? —Phœbe y la cabra habían desaparecido—. No hay por qué preocuparse. Cada cosa a su tiempo.

Se despidieron a las cuatro de la madrugada. Simón y Rosaline se deshacían en lágrimas en el destrozado café; Roger de Kildare y la Querida Mabel estaban otra vez listas para ponerse en carretera. Tío Ubriaco y Francis se zafaron de los brazos de Rosaline, prometiendo fielmente escribir a menudo y volver pronto.

Montaron en las bicicletas y salieron de Saint-Roc. Francis iba cantando con desaliento:

Conoces a tía Elisa? ¡Ua, ja, ja, ja, jaa!
Es melancólica; pero no la menosprecies. ¡Ua, ja, ja, ja, jaa!
Y perdona que me ría como es mi inclinación;
Pero ¿ya conoces a tía Elisa? ¡Ua, ja, ja, ja, jaa!

Tío Ubriaco y Francis estaban sentados en el parque de Nîmes, sin saber qué hacer.

—Me gustaba Saint-Roc —dijo Ubriaco—. Es un fastidio todo esto.

Estaban delante de un monumento del siglo XVIII rodeado de untuosas mujeres recostadas y obesos querubines.

—Este es el parque más hermoso del mundo. Ahora bien, ¿qué vamos a hacer?

—No lo sé —dijo Francis, abanicándose con el sombrero—. Pero Francia es un país bastante grande. Podríamos ir a casa de algún conocido tuyo. Al parecer, conoces a todo el mundo.

Ubriaco meditó un momento.

—Esa es una buena idea; ¡y creo que ya lo tengo! Pero vive bastante lejos, en la región de Béziers.

—¿Quién es?

—Jerome Jones. Un zapatero. Siempre se encuentra en casa porque está paralítico y solo se puede mover de cintura para arriba. Es un hombre encantador y se alegrará de vernos.

Jerome Jones vivía en Sansnom. Era un pueblecito perdido, silencioso, con discretas callejas sombreadas de parras y árboles. La tienda de Jerome Jones estaba frente a la fuente de la placita. Él se hallaba sentado en un colchón, cerca de una gran ventana baja, a la sombra de un árbol exterior. La habitación estaba encalada y sin muebles, aunque había centenares de zapatos y zuecos colocados en filas a lo largo de las paredes como espectros pacientes. En el centro de la habitación había un limonero, gran orgullo de Jerome: lo había traído de Sicilia, antes de quedarse paralítico.

—Estaba pensando en ti —dijo a tío Ubriaco—. Y te he oído llegar.

Tenía una cabeza alta y calva, orlada de pelo negro, y una cara estrecha, marfileña, tersa, intemporal.

—Tengo un montón de cosas que contarte; pero antes vamos a comer. Como ves, me encuentro en muy buena salud —se sentaron en el suelo, y la vieja criada les trajo cantidades de patatas cocidas con mantequilla, ensalada, y un excelente vino blanco. Jerome bebió agua—. Como recordarás —dijo a tío Ubriaco—, yo solía beber; pero desde entonces, me las he arreglado para conseguir provisiones regulares de opio por medio de un amigo que va a Marsella cada quince días. Es mucho mejor que el alcohol: su efecto es suave y duradero, y hace que me sienta muy bien. Casi me he vuelto abstemio —sonrió.

—Estoy impaciente por oír cómo te ha ido —dijo tío Ubriaco—. Parece que ha pasado un montón de tiempo desde que estuve aquí.

La atmósfera del cuarto de Jerome sugería a Francis el crepúsculo; incluso la tiendecita que había que atravesar para llegar a él parecía poco visitada. Y cuando se entraba al cuarto propiamente dicho, que daba a un jardín húmedo y verde, este se volvía silencioso y quieto, y su luz verdosa como la luz de un acuario.

—Tenía muchas ganas de verte y de hablar contigo —contestó Jerome, encendiendo una lámpara para su pipa de opio.

Aspiró una larga bocanada de humo y siguió hablando, conteniendo el aliento y expulsándolo muy poco a poco, en forma de un hilo delgado.

»Apenas veo a nadie últimamente. La gente es tan imbécil, por regla general, que prefiero estar solo. Así que puedes imaginarte la alegría que es para mí verte. Fumo, sueño, trabajo, y como montones de fruta en conserva. Me entusiasma la fruta en conserva —añadió, abriendo una gran caja de madera llena de fruta confitada. Cogieron una pieza cada uno—. He pensado mucho en ti, Ubriaco; y de veras deseaba verte otra vez. Cuéntame, ¿cómo está Amelia?

—Amelia —dijo tío Ubriaco— se está volviendo más cristiana cada día. Ahora está casi imposible. Hace un tiempo que no la veo.

—Me enteré de que la habías dejado —dijo Jerome—. Y no me sorprendió. No había visto a nadie cambiar tanto en siete años. La primera vez que la vi era una chiquilla deliciosa y alegre. Luego, después de pasar por aquel convento, pareció degenerar en una vieja histérica. Ahora tendrá unos catorce años, ¿no? Hasta la cara se le puso seca y angulosa. Es una verdadera pena.

—Sí, era encantadora —dijo tío Ubriaco—. Cuando tenía siete años.

—La gente mayor es terrible—dijo Jerome—. Casi todo el mundo se petrifica al llegar a los diez. Aunque puede haber niños desagradables. Hay que ignorar por completo los cumpleaños, para ser tolerables.

—Aquí estás fuera de peligro —dijo tío Ubriaco—. Y veo que no tienes reloj.

—No tengo ni uno —dijo Jerome—. Y me he impuesto no saber tampoco ni la fecha, ni el día de la semana. Debe de hacer unos quince años que no me he mirado al espejo. No tengo ni idea de cuál es mi aspecto. La vieja Valérie me afeita por las mañanas y sé que me estoy quedando calvo; pero eso es todo. No siento la menor curiosidad sobre mi cara. Un accidente me ha apartado de la vida activa, así que disfruto de la otra lo más que puedo.

Cocía pequeñas bolitas de opio sobre su lámpara, y se las fumaba de una sola y larga aspiración. El olor era muy dulce.

—Durante los tres últimos días —prosiguió—, he disfrutado de un sueño que se reanuda cada noche. Es muy extraño, y estoy muy interesado en ver cómo continuará. Empieza con una tormenta de nieve de color verde pálido en un campo que no es ni claro ni oscuro. Al parecer, voy andando por la nieve sin dificultad, entre árboles cuyas ramas son como alas destrozadas que gotean sobre mí al pasar. No tengo ni calor ni frío, y no sé si llevo ropa. Por el camino me encuentro con diversas personas cuyas figuras se recortan con nitidez, aunque no tienen cara. Llevan distintas direcciones, igual que yo. El campo es poco variado, y durante un trecho largo puedo ver edificios; pero a veces, andando, veo jaulas de pájaros —unas vacías, otras tienen dentro diferentes siluetas—. También veo bustos de terracota, y estatuas diseminadas aquí y allá, representando seres diversos.

»Mi compañero es un globo transparente que me sigue de cerca adonde voy. Canta mientras vamos de camino; pero no capto ninguna palabra, aunque su voz es bastante clara. Hay algo insoportable en la canción de este globo transparente. Poco después llegamos a un monasterio y somos acogidos cordialmente por varios monjes con cabeza de perro. Dicen que somos ángeles de pura sangre y que esto es la cuadra. Somos conducidos a un claustro enorme que rodea un jardín, donde hay árboles cuya fruta se pasea por las ramas. Aún sigue nevando. En el centro del jardín hay un estanque en forma de rombo, cubierto de hielo. Sobre el hielo hay una muchacha joven y hermosa, hecha de terracota, aunque no es una estatua como las de fuera. Está viva —se interrumpió—. El sueño llega hasta aquí.

Durante los días siguientes en Sansnom, Jerome apenas parecía vivir fuera de su sueño. Francis y tío Ubriaco se dejaron sumergir también en esta atmósfera, viviendo en la calma inmensa del cuarto de Jerome, oyéndole hablar y observándole fumar su opio. Salían muy raramente del pueblo. A veces se sentaban desnudos en el riachuelo que pasaba por detrás de la casa, y luego regresaban a su cuarto, donde él permanecía sentado, ansioso por contarles lo que había ocurrido durante la noche.

—He conocido a la muchacha de terracota —explicó—. Sigue nevando; y la muchacha de terracota viene a mí y me da una pequeña violeta morada. Dice que es mi regalo de boda: vamos a casarnos.

A Francis le pareció ver una sombra verde esmeralda en la mandíbula de Jerome, pero pensó que había sido un reflejo del jardín de fuera.

Se volvieron taciturnos y, cada vez más, fueron perdiendo interés por el mundo exterior a la habitación de Jerome. Casi dejaron de ir a sentarse al río, detrás del jardín, y no pensaban en las comidas ni en el día de la semana, olvidándose incluso de sentirse aburridos los domingos.

No sabían cuánto tiempo llevaban en Sansnom; pero el sol aún era muy fuerte, de manera que suponían que todavía no era invierno. Francis, no obstante, se acordó de enviar una postal a Rosaline, diciéndole que estaban bien y que tenían ganas de recibir noticias de Saint-Roc. Les llegó una carta por correo postal.

Queridos amigos:

Tengo un montón de noticias que daros y me alegro de saber vuestra dirección. Esto es lo que tengo que contaros: hace una semana, al volver yo de Pontfantôme, me dice la Marie: «Hay una llamada telefónica para ti de París. Volverán a llamar a las cinco».

«Estaré esperando», digo. A las nueve y cuarto me llaman a la cabina.

«¿Quién es?», digo.

«Estaré esperando», digo. A las nueve y cuarto me llaman a la cabina.

«¿Quién es?», digo.

«¡*Mademoiselle* Ubriaco! Quiero hablar con mi padre.»

«Se ha ido.»

«¿Ha dejado algún equipaje?»

«No. Ninguno.»

«¿Ha pagado la cuenta?»

«¡No me debe nada!»

«¿Iba alguien con mi padre?»

«Un joven, y a veces una dama.»

«Es una verdadera desgracia. ¿Tenía apetito mi padre?»

«Su padre tenía muy buen apetito.»

«¿Sabe adónde ha ido?»

«No estoy autorizada para decirlo. Será mejor que se dirija a otras personas del pueblo. Puede que ellas se lo digan.»

«Muchas gracias. Adiós.»

«Adiós, *mademoiselle*.» Y colgué el teléfono. Hace tres días vino el *curé* a decirme que había recibido una carta de tu hija contándole que andas correteando por Francia con tipos vulgares y que es deber del *curé* ayudar a encontrarte. Dice el *curé*: «No es asunto nuestro meternos en esas cosas. El caballero te ayudó a ganarte el pan».

«Por supuesto, *monsieur le curé*», dije yo. Después de eso, he recibido una carta de tu hija y dos telegramas, del estilo de nuestra conversación telefónica. No hay motivos para preocuparse: no tiene ni idea de dónde estáis, y no creo que venga aquí, de manera que podéis regresar pronto. Os echo mucho de menos.

Simón y mi madre os mandan un beso.

Vuestra amiga que os quiere,
Rosaline.

Leyeron la carta dos veces, hablaron un rato, y la olvidaron.

Jerome se despertaba cada vez más tarde por las mañanas. A veces no lo hacía hasta mediodía, y se acostaba a las siete y media de la tarde. Tenía abandonado el trabajo. El número de pipas de opio iba en aumento, y parecía aspirar el humo con más codicia que antes.

—Mi padrino me ha sacado a la nieve otra vez; pasaba mucha gente tocando flautas de hueso. El globo parece contento y salta de alegría. En las montañas, la mayoría de las cuales son volcanes, parece haber una cacería. Muy poco después la presa cruza nuestro sendero de un salto: es un lobo. Mi padrino le descarga un golpe en la cabeza con las cuentas de su rosario y lo mata instantáneamente. Lo coge y se lo echa a los hombros con una sonrisa satisfecha. «Para el banquete», dice.

La siguiente persona en recibir una carta de Amelia fue Jerome. Trató de tomársela con mucho interés, pero era demasiado esfuerzo para él. Puso la carta en manos de Ubriaco, y a continuación pareció volver a sus propios pensamientos. En la carta decía Amelia que tenía intención de ir a visitar a Jerome; «conocedora de su sabiduría, quería pedirle consejo en este angustioso asunto». Por primera vez en muchos días, salieron Ubriaco y Francis a la plaza del pueblo a pensar. Les resultaba un poco alarmante, estar de nuevo a la luz del sol.

—Me siento como un hongo —dijo Francis— que ha crecido en la oscuridad.

—Debemos despedirnos de Jerome —dijo Ubriaco, gratamente consciente del calor exterior: la habitación de Jerome, pensándolo bien, era fría y oscura.

Cuando comunicaron a Jerome que tenían que marcharse, este asintió con la cabeza y dijo que procuraría calmar a Amelia. Parecía que le costaba hablar; y cuando se despidieron, a Francis le dio la impresión de que se había vuelto brumoso.

Se encaminaron hacia las montañas de la Lozère, en dirección a Saint-Roc. Viajaban por un terreno triste y rojizo que los agentes del tiempo erosionaban; subieron una alta montaña donde la carretera era perpendicular, y ya arriba llegaron a una meseta donde todos los árboles estaban descoloridos y sin hojas. Era una planicie lisa y plateada, sin vida. A continuación bajaron peligrosamente hacia un pueblecito entre montañas cubiertas de bosque. Pasaron allí la noche, y se pusieron en camino a la mañana siguiente. Tras un viaje de varios días, eligieron un pueblo partido en dos por el río Lozère. El tiempo era frío. La gente parecía hostil como la que vivía cerca de Phœbe, embrutecida de tanto arañar el suelo mísero.

No había mucho que hacer, aparte de pasear. Unas veces trepaban a lo alto de grandes rocas del lecho del río; otras subían a las cimas escarpadas de las montañas vecinas, donde tío Ubriaco hablaba de astronomía. Le parecía que Francis era muy ignorante, y le costó mucho desengañarle respecto a la luna: Francis había pensado siempre que aumentaba y disminuía de manera real. Vieron una infinidad de saltamontes de colores diversos: azules, verdes y rojos; una víbora, un buitre. Tío Ubriaco explicó que los hongos eran de la misma sustancia que lo blanco del huevo. Como a Francis no le gustaban los huevos, cogió aprensión a las setas. Ubriaco parecía agobiado por un peso, y cuando no instruía a Francis sobre los caminos sinuosos de la naturaleza, permanecía callado y absorto. También había pillado un buen resfriado y a menudo hablaba con nostalgia del sol de Saint-Roc, que aún sería esplendoroso.

Durante los largos silencios de Ubriaco, Francis se entretenía evocando los períodos más luminosos de su vida pasada en Crackwood. No eran muchos. Recordaba cómo patinó en un lago, al norte de Crackwood, un invierno riguroso, y cómo se emborrachó después con cerveza caliente aromatizada, en compañía de Pretty, el chófer. Aún podía notar el olor a taberna y ver la enorme sopera con la cerveza borboteando encima de la estufa. Recordaba las manzanas asadas flotando en la cerveza y los palitos de canela, y cómo, cuando ya estaba muy ebrio, había tratado de señalarle a Pretty un hombre pelirrojo que caminaba en la nieve cargado con dos cestos de flores estivales. Recordaba haberse negado a ir a la iglesia, y la pelea con su madre delante del cuarto de aseo. Recordaba que le dieron náuseas en el campo de tenis ante toda la gente de la localidad, y que le pidieron que abandonara el baile de caza. El olor a sándalo del costurero de marfil, las mentiras que contó cuando llegó tarde a cenar. Meditaba y observaba a Ubriaco por el rabillo del ojo.

Un día dijo Ubriaco:

—No aguanto más este lugar.

—Vayámonos —dijo Francis.

—Sería lo mismo —replicó él de mal humor.

—¿Podríamos volver a Saint-Roc?

Así que salieron para Saint-Roc en medio de una tempestad de lluvia.

Rosaline no cabía en sí de contenta, y el tiempo era cálido.

—Anoche —dijo Rosaline— vi una araña en vuestro dormitorio. Eso significa esperanza. *Araignée le soir: espoir. Araignée le matin: chagrin.* Entonces supe que ibais a volver.

Bajaron a la roca seta y se dieron un baño. Al regresar, Simón estaba en el café para darles la bienvenida. Llovió un poco durante la noche, así que al día siguiente salieron a buscar caracoles. El río bajaba algo crecido.

—No cojáis caracoles del cementerio —les advirtió Rosaline—, o me negaré a guisarlos. Pero encontraréis bastantes en la cerca que rodea el viñedo de Noël.

Cogieron unas tres o cuatro docenas.

—Hay que dejarlos pasar hambre tres días —dijo tío Ubriaco—, y luego lavarlos con vinagre y agua salada. Eso les hace vomitar; entonces se quedan limpios y listos para guisarlos. Después se cuecen, y se prepara una salsa con ajo. Están deliciosos.

—Habrá suficientes para los tres —dijo Rosaline, hurgándole el cuerpo blando y verdoso a un gran caracol—. Podemos ponerlos en la cesta de la ropa con una bandeja encima. No voy a lavar mucho, ahora que el río se está poniendo muy frío.

Por la mañana, Francis se despertó temprano. Tío Ubriaco dormía aún. Vio cómo una araña bajaba del techo y colgaba al sol que entraba por las contraventanas. Trató de recordar el refrán de Rosaline: *Araignée le soir, araignée le matin*. 'Araña al despertar, pesar', se dijo a sí mismo; 'araña al anochecer, placer'.

Sonó un golpecito muy suave en la puerta. Era Rosaline.

—Tu hija está aquí —susurró con gran agitación—. Quería subirte ella el *café au lait*, pero no se lo he consentido.

—Maldición —dijo tío Ubriaco furioso—. Será mejor que baje a verla.

Francis permaneció solo tres horas. Cada vez que el reloj daba la hora, se decía: «No lo oigas, Duncan, pues es un tañido / que te llama al Cielo o al Infierno». Cuando el reloj daba el cuarto, y la media, y la hora, se irritaba al tiempo que se lo repetía, pero comprendía que no podía dejar de hacerlo.

Rosaline aparecía de rato en rato con el parte: «Se han dado un beso al verse. Él ha dicho: "¿Qué haces aquí, Amelia?"», aunque no parece enfadado». O bien: «Han bajado a pasear por el río cogidos del brazo; no pinta bien». Francis casi se volvió loco. Finalmente regresó Ubriaco.

—Parece bastante tranquila —dijo—; pero no quiere verte.

—¿Qué vas a hacer? —dijo Francis.

—Tendré que llevármela—explicó—. Me ha prometido que si estoy con ella solo tres días, no me pedirá nada más. Tendré que ir. La llevaré a casa de una tía que vive en Valence y volveré.

—Ponla en el tren —dijo Francis.

—No. No puedo hacer eso —dijo tío Ubriaco.

—No volverás —dijo Francis.

—Por supuesto que sí.

—No hagas el tonto más de lo que puedas evitar.

—¿No te he dicho que puedo ocuparme de mis propios asuntos?

—Si te vas, no me encontrarás aquí esperándote. Me iré.

—No puedes hacer eso.

—Su hija le pide que baje —dijo Rosaline, asomándose.

—Debes confiar en mí y esperarme aquí —dijo Ubriaco.

—No.

—Trata de comprender, ¿quieres?

—Deja de zarandearme, se me van a caer los dientes.

—No seas testarudo, Francis.

—¿Me tomas por un imbécil?

—No. Por favor, compréndelo.

—¿Que lo comprenda?

—Sí. Y espérame... Tres días nada más, y estaré de vuelta, pequeño Francis.

—No me hables como si fuese un zoquete. Si te vas tú, yo me voy... en otra dirección. Ya iré a verte cuando hayas arreglado tus responsabilidades genitales, de manera que se te haga la vida soportable.

—Pero ¿qué vas a hacer?

—Eso es asunto mío —dijo Francis, preguntándose con desazón si podría encontrar una plaza de portero o de encargado de urinarios.

—No; tienes que esperarme. ¡Tienes que hacerlo!

—Vete y déjame en paz.

—De todos modos, volveré dentro de tres días.

Se fue tío Ubriaco, dejando colgado su abrigo en la habitación. Francis lo miró fijamente como si intentara hipnotizarlo para que se cayera de la percha. Rosaline entró llorando.

—Es un hombre muy débil —dijo.

—Ayúdame a hacer mi equipaje.

—¿Qué vas a hacer?

—Voy a marcharme.

—¿Eh? ¿Nos dejas? No, por favor.

—Siento hacerlo, pero me voy.

—Un chiquillo como eres, y completamente solo. ¡Qué monstruosidad!

—Sí, un pobre niño solo en este mundo grandísimo.

—No, Francis; no consentiré que te vayas. De todos modos, son tres días. Ubriaco volverá.

—¿Y voy a hacer yo de lady Shalott durante ese tiempo? Ah, no.

Estaba llenando una funda de almohada con sus pertenencias. Tenía los dedos fríos como el mármol; Rosaline seguía a su lado, llorando y retorciéndose las manos.

—¡Ya está! —dijo Francis—. Ahora, bajemos a beber algo.

Se sentó en la cocina con la mujer mayor y *tante* Gabrielle, sorda y enorme, y se tomó un vaso de orujo.

—¡Vamos, dejad al pobre Francis solo! —dijo Rosaline, enumerando de nuevo todos los detalles—. ¡Y mírale ahora, emborrachándose!

Francis habló con el vinatero y le hizo prometer que le llevaría a Orange, donde podría coger el tren a París esa misma noche.

La familia Pirigou hizo lo que pudo con ruegos y amenazas para impedir que se marchara; pero Francis se mostró inconmovible.

El vinatero le dejó en la estación de Orange a las cuatro de la tarde.

—El *rapide* no saldrá hasta las nueve treinta de la noche —dijo el empleado.

Francis dejó en consigna su talego y entró en la ciudad; se tomó cuatro cafés solos, se compró un libro y paseó por el parque. El tiempo no pasaba. Vio que no era capaz de leer, y que la tarde era fría. Volvió a entrar en la ciudad e intentó que le atropellaran. Al no conseguirlo, fue y compró un paquete de cigarrillos, se dirigió al circo romano y descubrió que no tenía valor para entrar. Compró un periódico y lo tiró a continuación. Trató de darse patadas a sí mismo en las espinillas para ver si hacía daño, y comprobó que sí. Deseó haber topado con Lucrecia Borgia para que le hubiera envenenado. La idea de comer le producía náuseas. Entró en un café y telefoneó a Rosaline. Le gritó al teléfono para instrucción de dos bebedores de Byrrh cassis.

—No te vayas esta noche —dijo Rosaline—. Quédate hasta mañana.

—Bueno, solo hasta mañana —dijo Francis.

—Quédate en Orange —sugirió Rosaline—, y dime tu número de teléfono para que pueda llamarte mañana por la mañana, si hay alguna novedad.

—Volveré a llamarte esta noche, cuando sepa dónde me voy a quedar.

El dueño del café le encontró un hotel, y Francis telefoneó otra vez a Rosaline explicándole con todo detalle dónde podía localizarle. Se acostó a las nueve, no pegó ojo, se levantó a las siete, se tomó dos cafés solos y salió a dar una vuelta. Cuando abrieron las tiendas compró una botella de *fine* y un racimo de uvas y regresó a su habitación. Parecía que la mañana no iba a terminar nunca. Francis contó los tejados y trató de emborracharse. A las once le llamaron por teléfono. Apenas podía hablar, de tan dolorida que tenía la boca de fumar. Era Rosaline. Al parecer, tío Ubriaco había llamado. «Le he dicho —dijo Rosaline— que te habías ido. Le he dado tu número de teléfono y le he dicho que estabas en Orange, pero que esta noche, si no sabías nada de él, te irías, probablemente a América o a China, para dedicarte a la trata de blancas. Dijo que te telefonearía enseguida.»

Francis esperó toda la mañana. Dijo a los camareros dónde estaría, por si le llamaban por teléfono. No sucedió nada. Se tomó dos cafés solos para comer, observó con satisfacción, en el espejo, que su cara tenía un aspecto pálido y desencajado. Por la tarde bebió más *fine* y trató de irse a dormir. Seguía sin suceder nada. A las tres y media pidió un taxi, dio su nombre a todos los camareros por si telefoneaba alguien llamado tío Ubriaco, encargó que le dijeran que había salido para Saint-Roc y no para América, y que había estado esperando cuatro horas una llamada que no había llegado. A continuación subió al taxi y regresó a Saint-Roc.

—No lo comprendo —dijo Rosaline—. Parecía muy ansioso por saber dónde estabas. Espero que no haya ocurrido nada horrible. La gente del pueblo dice que ella llevaba un revólver.

—No me lo creo —dijo Francis con enojo.

—Pareces un pobre demente —dijo Rosaline—. Déjame que te prepare un vaso de cacao.

—Está bien —dijo Francis, y fue a llamar a Orange. Pero no había noticias.

—Tómate una buena taza de café natural —dijo la Marie—, y te echaré las cartas. Te casarás con una señora morena y te llegará dinero. También vas a tener algún problema.

—No me sorprende —dijo Francis—. ¿Volverá?

—Diría que no—dijo la Marie.

Esa noche, unos obreros de Montpellier cantaron canciones en el café, y menearon la cabeza ante la historia de Francis contada por Rosaline. «No creemos que vuelva», dijeron. Francis se pasó todo el día siguiente telefoneando a Orange, pero seguía sin producirse ninguna novedad. Fue a bañarse al río, que estaba frío y marrón a causa de las lluvias en las montañas. «Probablemente se va a suicidar —dijo Rosaline—. Y su pobre cadáver será arrastrado al mar junto con todas las ramas y troncos. ¡Ah, su pobre madre!»

Amelia telefoneó y dijo que su padre estaba demasiado cansado para ir ese mismo día; ¿tendría la bondad Rosaline de enviarle sus pertenencias? Rosaline dijo que no, que no quería. Cuando se lo contó a Francis, este se sentó en la terraza maldiciendo y blasfemando en voz alta. Rosaline dijo que no debía decir esas cosas espantosas. De repente, enmudeció y se quedó con la boca abierta: tío Ubriaco entraba en la plaza montado en su Querida Mabel, con la chaqueta rota y la cara ensangrentada. Parecía como si se hubiera pasado una hora o más con un par de tigres furiosos. Francis era incapaz de hacer otra cosa que mirar y mirar, mientras él subía la escalera.

Tío Ubriaco le cogió la mano y empezó a explicarle algo sobre un tiempo horroroso. No sabía Francis cuánto había transcurrido desde que habían entrado en el café, cuando asomó Rosaline con la cara lívida.

—Ahí viene ella —dijo con rapidez, y cerró la puerta con cerrojo.

En efecto, un segundo después sonaron golpes y gritos fuera. Salió Francis y Amelia le dio una bofetada.

—Esto parece definitivo —dijo Francis a Ubriaco—. ¿Vas a decirle que se vaya, o vas a irte tú?

Ubriaco negó con la cabeza, con expresión acongojada.

—No lo sé —contestó.

—Tienes que saberlo —dijo Francis—. ¿Qué es lo que vas a hacer?

—No lo sé —repitió Ubriaco, lanzando miradas furtivas a uno y a otra. Amelia reía tontamente.

—Entonces, por todos los diablos, vete —dijo Francis.

Rosaline fue a recoger el equipaje.

—Y vete deprisa —prosiguió Francis—. No puedo soportar esto. Quiero estar solo —apartó los ojos de las dos bicicletas.

Diez minutos después se habían ido. Amelia iba montada en Roger de Kildare, y le sacó la lengua a Francis al arrancar.

Francis se quedó de pie, desolado, en la terraza. Todo el pueblo estaba asomado a las ventanas, fascinado de confusión. Sin mirar a ninguna parte, Francis dirigió sus pasos a la iglesia, se detuvo en medio de la nave, se desabrochó los pantalones, y orinó.

En el umbral del buen Salvador,
Como el creyente hace de antiguo,
Me desabrocho el pantalón,
Y con agua bendita santiguo.

Luego se inclinó ante el altar, con el pantalón todavía desabrochado, y salió. Bajó al río, que corría hinchado con una hemorragia de barro y de ramas. No se veía el lugar donde había estado la tienda. A Francis le pareció ver dos fantasmas a través del agua: Ubriaco y él. Se quitó la chaqueta y la camisa y se puso a nadar hacia Mâze. La corriente era fuerte, pero finalmente consiguió alcanzar la otra orilla, jadeante.

Después subió la cuesta hasta Mâze. Observó que el campo estaba manchado con los primeros amarillos del otoño, y se sintió súbitamente contento de que se hubiera ido el verano. Otra vez se descubrió a sí mismo en las calles de Mâze, que parecían más oscuras y abandonadas que antes. Las parras colgantes le rozaban la cara al pasar, y una de las veces cayó un pájaro en su camino y salpicó el polvo blanco de sangre al golpear el suelo. Los grillos vibraban furiosamente, al extremo de que tuvo la ilusión de que su cráneo estaba lleno de grillos y que cada uno trataba de acallar a los demás. El ruido le producía dolor detrás de los ojos.

Al parecer, habían crecido zarzas en el jardín de la capilla, y se arañaban unas a otras con largos y erizados brazos. El olor de las rizosdemiralda era denso como el incienso. Francis arrancó un puñado de estas matas y fue a sentarse al pie de las rocas de la capilla.

Decidió comérselas. Las hojitas espinosas le picaban dentro de la boca, y su sabor era fuerte y malo. Se sentía como una vaca rumiando: era difícil y desagradable tragar. Un pájaro saltó adentro por una ventana sin tapiar y, en un contralto que resonó por toda la capilla, cantó como si fuese su último canto. Era una urraca. Una bandada de pequeños murciélagos ocupaba el coro; cantaban la «Misa en si menor» de Bach.

La propia Rizosdemiralda cantaba «Et in Unum» con la urraca: las notas histéricas subían casi demasiado para que el oído las pudiera captar, y Francis pensó que los muros de la capilla se iban a resquebrajar. Fue una interpretación admirable. Todos espumeaban por las comisuras de la boca. Los murciélagos estaban tan emocionados que seguían girando hacia arriba más y más, mucho después de que hubiera terminado la misa. Rizosdemiralda se lavó la cara y sumergió los pies en agua azul. Trajeron una mesa larga y la cubrieron con un mantel. Unos lacayos cargados con fruta, vino y otros alimentos pusieron la mesa; empezó el banquete. Francis estaba sentado al final de la mesa y observaba cómo del mantel blanco crecían rosales hasta el techo, trazando un dibujo complicado, y luego torcían hacia los muros. Se abrieron capullos de todos los colores: negros, rojos, blancos, azules y morados, todos con variedades.

—Pronto te sentirás mejor —le gritó Rizosdemiralda desde el otro extremo de la mesa—. Tienes que serenarte. La estancia se estaba inundando de un agua torrencial que llegaba ya al borde de la mesa. Francis vio que Rizosdemiralda hacía una seña a un lacayo y le decía algo al oído; luego señaló en dirección a Francis. Desapareció el lacayo, y poco después estaba junto a él con un enorme sonajero sobre una bandeja de plata. Francis pensó que con un sonajero solo podía hacerse una cosa, y lo sacudió. El ruido fue entre estampido y crujido ensordecedor; lo encontró muy agradable. Rizosdemiralda aplaudió y gritó: «¡Rápido!». Los lacayos andaban sirviendo las viandas con agua hasta la cintura. Francis se vio a sí mismo reflejado y se sorprendió al descubrir que le había crecido la cabeza y que se le había vuelto de caballo, aunque al parecer su cuerpo no había sufrido alteración alguna.

—¿Te gusta? —le gritó Rizosdemiralda—. ¡Creo que te sienta muy bien!

—Sí —dijo Francis—. Pero ¿cuánto me durará?

—Ah, siempre serás así, ahora —contestó ella alegremente—. ¡Conozco a alguien que tiene cabeza de cerdo desde que nació!

Todos los invitados habían empezado a abrir paquetes sorpresa y a enseñarse unos a otros sus regalos. Había serpientes venenosas, ruiseñores, collares de perlas artificiales tan largos que no tenían fin, conejos vivos, revólveres, cuchillos de monte y monedas al rojo vivo. Poco después la mesa estaba cubierta. Encima de ella había de pie una niña vestida de ángel de Navidad; recitaba un poema escandalosamente obsceno; todo el mundo daba gritos de regocijo y le pellizcaba las piernas, le clavaba alfileres en el culo y le disparaba balas a la cabeza. Ella se mantenía a distancia y seguía recitando su poema con sonsonete de colegiala. Cuando terminó, Rizosdemiralda la ahogó sujetándole la cabeza bajo el agua hasta que dejaron de salir burbujas. Su embarrado cadáver empezó a flotar alrededor de la mesa, y la gente le arrojaba cosas lánguidamente.

—Este banquete es en tu honor —le informó Rizosdemiralda—. ¡Creo que deberías decir unas palabras, Francis!

Francis se subió a la mesa obedientemente, saludó con la cabeza, se tocó el corazón, y volvió a sentarse en medio de calurosos aplausos.

El siguiente número fue una lucha entre un conejo y un gallo de pelea en un espacio despejado del centro de la mesa. El conejo se defendió heroicamente hasta que el gallo le sacó los ojos a picotazos; entonces le fue más difícil. No tardó en llegarle la muerte, chillando agónicamente entre sus propios despojos. El gallo saltó sobre su cadáver y cantó. Rizosdemiralda lo atrapó por una pata de largo espolón y se lo ató en el pelo por los pies. El gallo se debatía y daba aletazos para liberarse, haciendo un tocado prodigioso de centelleante verde y oro sobre el semblante espantoso de Rizosdemiralda. En el siguiente intervalo, destacó del muro de roca una galería de músicos delicadamente tallada, ocupada por un coro femenino y dos arpistas masculinos, todos vestidos con sencillez, como griegos antiguos. Interpretaron el Mesías de Handel entero. Colocaron una jaula de oro sobre la mesa. Contenía un mono escandaloso que trataba de salir. Aquí los invitados se sumaron a la diversión, haciéndole al furioso mono las muecas más dislocadas. Luego, cuando estuvo lo bastante furioso como para arañarse su propia piel, alguien abrió la jaula y lo arrojó directamente sobre Francis, en mitad de un coro de carcajadas. Francis hundió los puños en el cuerpo peludo y arañador, y trató de quitárselo de encima. Finalmente sacó su cortaplumas y lo apuñaló varias veces hasta que el mono cayó al agua sangrando y sin vida. Todo el mundo rugía de regocijo; y los arpistas tocaron una marcha victoriana. Francis agitaba su sonajero y relinchaba, ya que no quería parecer ajeno al ambiente.

El espectáculo terminó con un gran final de langostas y un vampiro, que sostuvieron una feroz batalla en el aire. Las langostas muertas caían sobre la mesa y los platos como si fueran granizo. Las dentelladas del murciélago sonaban como una ametralladora por encima del siseo de alas de las langostas. El vampiro acabó con casi todas, salvo unas pocas aisladas y sin entusiasmo, y fue a posarse en el antebrazo desnudo de Rizosdemiralda, en cuya sangre se refrescó. Ella se lo sujetó a la muñeca como un halcón, para gran irritación del gallo que se agitaba sobre su cabeza.

—Después dejaremos que se maten —dijo ella, poniéndose en pie y recitando a Baudelaire:

Il faut être toujours ivre. Tout est là: C'est l'unique question. Pour ne pas sentir l'horrible fardeau du Temps qui brisse vos épaules et vous penche vers la terre, il faut vous enivrer sans trève.

Mais de quoi? De vin, de poésie ou de Vertu, à votre guise. Mais enivrez-vous!

Il est l'heure de s'enivrer!

Pour n'être pas les esclaves martyrisés du temps, enivrez-vous; enivrez-vous sans cesse! De vin, de poésie ou de vertu, à votre guise.

('Hay que estar siempre ebrio. Es lo que importa: la única cuestión. Para no sentir la carga horrible del tiempo que os hunde los hombros y os dobla hacia tierra, hay que embriagarse sin tregua.

¿Y de qué? De vino, poesía o Virtud; como os parezca.

¡Pero embriagaos!

¡Es la hora de embriagarse!

Para no ser esclavos martirizados del tiempo, embriagaos: ¡embriagaos sin cesar! De vino, poesía o virtud, como os parezca.')

Francis se dio cuenta de que estaba llorando y aplaudiendo de entusiasmo. Luego se puso en pie él también y replicó con más Baudelaire:

Tu sais bien, O Satan,
Patron de ma détresse,
Que je n'allais pas là pour répandre un vain pleur;
Mais comme un vieux paillard d'une vieille maîtresse,
Je voulais m'enivrer de l'énorme catin
Dont le charme infernal me rajeunit sans cesse.

Que tu dormes dans les draps du matin,
Lourde, obscure, enrhumée, ou que tu te pavanes
Dans les voiles du soir passementés d'or fin,
Je t'aime, O capitale infâme! Courtisanes
Et bandits, tels souvent vous offrez des plaisirs
Que ne comprennent pas les vulgaires profanes.

('Sabes bien, Satanás,
patrón de mi congoja,
que no iba yo a derramar allí un llanto inútil;
que, como un viejo lascivo en su amante vieja,
quería embriagarme de la gran ramera
cuyo encanto infernal perpetuamente me rejuvenece.

¡Ya duermas aún entre mantos matinales
pesada, oscura, acatarrada, o te pavonees
con los velos vespertinos ornados de oro fino,
te amo, capital infame! Cortesanas
y bandidos, por los placeres que a menudo ofrecéis
que el vulgar profano no comprende.")

—Yo soy tu santa patrona —exclamó Rizosdemiralda; y empezaron a salir todos en fila de la capilla en medio de las aguas agitadas. Las arpas tocaban la «Nachtmusik» y el coro cantaba «El acorde perdido» con la
misma música. Fuera esperaba un carruaje, y Francis
subió a él con Rizosdemiralda.

—Ve deprisa —gritó esta al cochero—, y no arañes el
escudo con los pilares al entrar.

Emprendieron un galope retumbante, mientras la
noche pasaba volando ante las ventanillas. De vez en
cuando el coche daba una sacudida como si pisara
algo. Francis estaba borracho y un poco mareado. No
recordaba haber comido nada en ese banquete, aunque sabía que había habido enormes cantidades de
comida. Pararon tan de repente que los caballos res-
balaron varios metros sobre sus ancas. Se encontra-
ban en un gran patio lleno de gente excitada. En el
centro de la multitud, unos obreros estaban levan-
tando una guillotina o plataforma. Se alumbraban los
trabajos con lámparas de arco.

—Hurra, hemos llegado a tiempo —exclamó Rizosdemiralda frotándose las manos. El gallo cantó sobre

su cabeza—. He reservado el palco real —dijo a Francis—. Vamos a tener una vista magnífica.

Un lacayo los condujo a sus lujosos asientos rojos. Rizosdemiralda se inclinó para criticar a la multitud que tenían debajo.

—Pero ¿qué es lo que vamos a ver? —preguntó Francis—. No me has dicho nada.

Rizosdemiralda rio entre dientes con secreto regocijo.

—Es una sorpresa —dijo, dándole dolorosamente con su afilado dedo índice en las costillas—. Espera y verás.

Una banda de música se había reunido en el otro extremo de la plataforma, y empezó a tocar el himno nacional. Cada músico llevaba un fajín azul sobre el estómago. El verdugo, un hombre bajo con bombín, llevaba una gran cesta de mimbre con tapadera; la colocó con todo cuidado en el otro lado de la guillotina. Quitó la tapadera y saludó a la multitud: la cesta estaba llena de lirios. Se elevó un murmullo. A continuación llegó el sacerdote. No levantó la cabeza, sino que siguió leyendo oraciones en voz alta de un libro que tenía en las manos. Se situó en posición de firme a la derecha de la guillotina. Dos criados rociaron el espacio alrededor de la guillotina con polvo de arroz. La multitud enmudeció, expectante. El lado izquierdo de la guillotina fue ocupado por un enorme caballo de madera adornado con cintas y flores, subido a la plataforma mediante una polea.

—¿Quieres una caja de bombones o una naranja? —susurró Rizosdemiralda—. Va a pasar el repartidor. Esta noche son gratis.

—No —dijo Francis—. No quiero nada, gracias.

La oscuridad se iluminó de repente con cohetes que estallaban de forma amenazadora en dirección a la luna nueva. En medio de la súbita claridad, se abrió de golpe una puerta a la izquierda del patio, y la multitud se separó en un ondeante pasillo para dejar paso a tres individuos vestidos de negro. Al subir a la plataforma, Francis vio que el más pequeño de los tres se parecía asombrosamente a él, antes de que la cabeza se le volviera de caballo. Tenía las manos atadas y llevaba leotardos de color gris pálido y un jubón negro. Entonces supo que iba a ser ejecutado.

—No puedo presenciar esto —dijo a Rizosdemiralda—. Es injusto.

—Shhht —dijo Rizosdemiralda absorta en el espectáculo—. ¿Qué dirá la gente si ve que no paras de hablar?

Francis se quedó callado.

—¿Tienes algo que decir? —preguntó el verdugo, con voz atronadora, al chico—. ¿O un último deseo?

No hubo respuesta. El sacerdote le ofreció una cajita con bolitas de caramelo que se sacó de la sotana.

—Te ayudarán a distraerte —dijo. El chico seguía sin moverse.

—Vamos, valiente —dijo uno de los guardianes, echando un vistazo a su reloj—. No podemos estarnos aquí toda la noche.

Condujo al chico con suavidad a la guillotina, y le puso un cojín bajo las rodillas. El chico dijo: «Gracias». Fueron las únicas palabras que pronunció.

El sacerdote empezó a farfullar oraciones como si tratase de recuperar un tiempo perdido, a la vez que el verdugo tiraba de una palanca y la guillotina segaba la cabeza del chico, la cual saltó limpiamente a la cesta de lirios, vertiendo un pequeño chorro de sangre sobre los pantalones nuevos del verdugo. Un gemido se elevó de la multitud, rápidamente seguido por sonoros y unánimes vítores, a los que Rizosdemiralda se sumó con entusiasmo. Francis vio que de la cesta saltaban un cordero negro y otro blanco, daban dos veces la vuelta a la guillotina, y se arrojaban sobre la multitud.

—Mira bien la plataforma —dijo Rizosdemiralda—. ¿No te parece preciosa? ¡Esta noche, en mi recepción, vamos a conocer a su arquitecto! Es un verdadero genio, y ruso. Tiene una inteligencia asombrosa.

Esperaron a que la multitud se dispersara, antes de abandonar sus asientos.

—He intentado que viniera el verdugo —explicó ella—. ¡Habría sido increíble conocerle! Sin embargo, ha mandado un recado diciendo que lo sentía mucho, pero que tenía que asistir obligatoriamente a un banquete militar. Pero —añadió— va a venir el que limpió la celda del condenado: ¡así que tendremos unas cuantas celebridades!

Se dirigieron al castillo de Rizosdemiralda, donde centenares de lacayos preparaban un buffet en la antecámara. En los muros tapizados de brocados se alineaban jarrones persas llenos de licores; pilas de emparedados de jamón, pavos, pastas y latas de sardinas ocupaban cada centímetro de la mesa de diez metros. En el centro de la sala había un monstruoso cuenco de cristal con ponche, en el que nadaba ebria una trucha viva.

—Pensé que la trucha sería original —dijo Rizosdemiralda—, sin resultar demasiado ostentosa. A la gente del arte le encanta deambular, ¡y servirse ella misma! A mí me gusta la hospitalidad sin ceremonias. ¿A ti no?

Empezaban a llegar los invitados, y un mayordomo los iba anunciando desde lo alto de una ancha escalinata que bajaba a la antecámara. Esto proporcionaba a Rizosdemiralda una buena ocasión para observarlos uno por uno, a medida que bajaban. El calor de la acogida variaba según la importancia del invitado. Unos llegaban con traje de etiqueta y otros asombrosamente mugrientos, con barba y cargados con carteras y blocs de dibujo. Tenían aspecto abstraído y todo lo que decían era descortés.

—En realidad, es candor estético —susurró Rizosdemiralda—. No tienen tiempo para andarse con bobadas de cortesías; se ocupan de cosas superiores.

Las mujeres vestían harapos y extraños gorros de punto y sandalias; hablaban alto y con vehemencia sobre temas elevados.

El cuenco de ponche estaba enteramente oculto por los invitados, que utilizaban cualquier medio, ortodoxo o no, para conseguir la mayor cantidad de bebida. Nadie hacía el menor caso a Rizosdemiralda ni a Francis. Ninguno de los dos conseguía acercarse al buffet, donde la gente desbarataba la comida y la devoraba o la tiraba al suelo. Los que no eran suficientemente fuertes para abrirse un hueco junto a la mesa, se quedaban hablando en grupos, de pie. Francis oía sin cesar las expresiones «Forma significativa» y «Expresión plástica». Nadie reía.

—Procura no mencionar ninguna clase de juego excepto los dardos —le advirtió Rizosdemiralda: observaba a los invitados con el ceño preocupado.

—Nadie parece sorprenderse de mi cabeza de caballo —comentó Francis—. Habría jurado que es algo bastante fuera de lo normal.

—¡Cariño! ¿Acaso no sabes que es horriblemente burgués sorprenderse de algo?

Rizosdemiralda estaba con el cuello estirado; de repente, se le aclaró el ceño. El mayordomo agitó discretamente un pañuelo blanco.

—Es la señal —dijo ella con contenida excitación—. ¡Ya viene!

—¡Egres Lepereff! —tronó el mayordomo, elevando la voz varios semitonos.

El gran arquitecto se detuvo en lo alto de la escalinata a fin de que todo el mundo pudiera verle bien. Iba vestido de cosaco. Alzaba la cabeza sobre sus hombros de tal manera que intensificaba la inmensa longitud de su curvada aunque elegante nariz. Bajó la escalinata graciosamente, moviendo las aletas de la nariz como un caballo de carreras.

Rizosdemiralda desapareció al instante, corriendo a trabar conversación con él, antes de que lo hiciera ningún otro. Francis, temeroso de encontrarse solo, corrió tras ella. El Gran Arquitecto apenas contestó al saludo de ella; se sacó un cianotipo del bolsillo, y se puso a estudiarlo con indiferencia, antes de contestar.

—¡Pero qué prodigio de maquinaria, su plataforma! —dijo ella—. ¡Casi no me he dado cuenta de lo que ocurría, de lo embelesados que estaban mis sentidos en la Forma!

—Un buen mecanismo y un diseño eficaz —dijo Egres Lepereff— funcionan siempre estéticamente. Mi plataforma —prosiguió, mirando en otra dirección— era agradable, aunque exenta de todo salvo de lo estrictamente necesario. Era una sinfonía de forma pura.

—Qué cerebro de monstruo —susurró Rizosdemiralda a Francis al oído.

—La arquitectura —prosiguió el gran hombre—, en el arte moderno, es la forma más próxima a la abstracción pura.

Francis se sintió en la necesidad de decir algo inteligente, así que probó:

—Pero si construye casas abstractas, cuanto más abstractas las haga, menos casas serán; y si llega a la abstracción pura, no tendrá nada en absoluto.

—Requiere cierto tiempo comprenderlo; estas nociones no se imparten en la enseñanza elemental —replicó Egres Lepereff, sorbiendo a lo largo de toda su nariz.

—¡Qué ingenio! —susurró Rizosdemiralda.

—Una aristocracia intelectual —prosiguió él—, sobre una base puramente abstracta, con unas nociones del sistema social de Marx, es el único medio que yo concibo de hacer el mundo menos inhabitable para los seres humanos inteligentes.

—¿Ha disfrutado con la ejecución? —dijo Francis, en otro esfuerzo por intervenir en la conversación.

—No he estado allí —replicó, alzando las cejas ligeramente—. No creo en la pena capital, ni en mezclarse con las diversiones de los pobres. Considero que las personas de determinados entornos deben permanecer en sus propios círculos, y que hay que abstenerse de hacer turismo entre aquellos vecinos menos afortunados.

—Pero yo creía que ustedes carecían de conciencia de clase —dijo Francis.

—Eso —contestó Egres, distante— solo puede establecerse sobre una base abstracta. Hay que dominar la mera curiosidad vulgar —dirigió una mirada de repugnancia a Francis, y dio un sorbito a un vaso de agua fría.

—¿Cuál es su opinión sobre el aspecto intelectual de la ejecución? —preguntó Rizosdemiralda, acercándose ansiosamente para captar cada palabra de la respuesta.

—Es meramente paradójico —replicó él—. El acusado no era sino un vulgar pilluelo que solo valía para la calle, o para un rápido entierro en cal viva. Uno de los muchos moscones que andan pegados a ese viejo y aburrido rey de las bicicletas. Estoy harto de toda esa gente —bostezó lánguidamente y sacó un periódico de aspecto deprimente con un título en negro como las letras de una esquela mortuoria: *EL VOMITIVO*: REVISTA SEMANAL PARA INTELECTUALES PROGRESISTAS. A todo esto, los invitados estaban completamente borrachos y diseminados por el suelo o recostados en las paredes. Rizosdemiralda se mostraba también bastante incoherente, y no tardó en caer al suelo sin conocimiento. Francis se escabulló sin que le viesen, y se dispuso a dormir en una alcoba vecina al ahora abandonado buffet.

Egres Lepereff, único miembro de la comunidad que quedaba en pie, siguió leyendo su revista cerca del centro de la cámara. Al cabo de cinco minutos alzó la vista y frunció el ceño: luego su mirada se dirigió al buffet, y un gran cambio se operó en él al fijar sus ojos luminosos en un gran tarro de pepinillos y cebollas en vinagre. Se quedó observando el tarro durante un segundo o dos; luego, tras comprobar que nadie miraba, se acercó a él de puntillas, babeando. Se lanzó sobre el tarro con la más asombrosa glotonería que Francis había visto nunca, llenándose la boca de encurtidos a tal punto que el vinagre le resbalaba hasta la barbilla y le goteaba sobre su preciosa camisa de seda. No paró hasta dejar vacío el enorme recipiente. Entonces intentó reparar el daño de su extraña comida.

Francis salió de su rincón. Con la mirada de una serpiente acorralada, Egres Lepereff cogió un cuchillo de trinchar, y por poco no dejó clavado a Francis en la pared; luego dio media vuelta con un horrible gruñido, y abandonó la estancia, subiendo deprisa el largo tramo de la escalinata.

Francis pensó que podía beber algo también, así que destapó una botella de cerveza; tuvo que bebérsela de un plato sopero, dada la constitución equina de su boca. Observó que sobre cada una de las figuras dormidas flotaba un espectro flaco, bastante parecido a un famélico trozo de cordel. Francis supuso que eran sus respectivos fantasmas, o espectros de alguna variedad flaca (los fantasmas son normalmente de naturaleza gorda, aunque hay excepciones). Pensó que sería divertido anudarlos unos a otros; tardó un poco en atarlos todos con una lazada en cada unión.

No ofrecieron resistencia alguna, salvo una suave ondulación, como si una ligera brisa recorriese la antecámara. Los invitados roncaban inconscientes. Una gallinita de color canela bajó a saltitos la escalinata, cloqueando ruidosamente. Se detuvo, puso un huevo que se cascó inmediatamente sobre el duro suelo de parquet, y luego habló al gallo que descansaba aburrido sobre la cabeza de Rizosdemiralda. Se agitó este, trató de incorporarse, y volvió a caer en profundo sueño. La gallina se puso histérica y furiosa, y Francis tuvo que liberar al gallo para que terminase el alboroto. Entonces se retiraron los dos, refunfuñando.

Francis buscó una salida del castillo. Había largos, desiertos corredores flanqueados de esculturas decadentes, cuadros abstractos al óleo, copias de dioses griegos y fotografías familiares. Finalmente encontró la cocina, donde estaban preparando ya el desayuno para la servidumbre. Aquí recibió instrucciones para su regreso a Saint-Roc.

El sol se estaba ocultando cuando Francis llegó al río. No se había topado con nadie durante el trayecto. A decir verdad, el campo que había atravesado parecía haber sido arrasado por una plaga, tan desierto estaba. Rosaline profirió un grito cuando le vio entrar en el café:

—¡Creíamos que habías muerto y habías desaparecido! —exclamó—. El de la funeraria había cavado ya una sepultura para ti cerca de esos cipreses que tanto te gustan. Dijo que podía hacerlo, ahora que hay poco trabajo.

—Bueno, lo siento —dijo Francis, observando que uno o dos clientes le miraban con curiosidad por encima de sus vasos de Pernod y murmuraban.

—Estás raro —dijo Rosaline—. Casi no te había reconocido.

—Llevo dos noches sin dormir —dijo Francis.

Rosaline consultó algo en voz baja con los bebedores de Pernod.

—Probablemente ha sido a causa del dolor —decía—. He oído que ocurren cosas así. Ven —dijo en voz alta—. Ven a la cocina.

Cogió un espejo de la pared, y Francis se miró su cara de caballo.

—¡Válgame Dios! —dijo—. ¡Se me había olvidado por completo!

El negocio de Rosaline prosperó. La gente acudía a centenares de los lugares más apartados para ver al chico cuya cabeza se le había vuelto de caballo a causa del dolor. Rosaline descontaba a Francis cinco francos del precio de la habitación. «Al fin y al cabo, eres tú quien llena la *caisse*», explicó. Los domingos e incluso los fines de semana se organizaba una enorme competición para dar de beber a Francis y oírle hablar.

«Cuando veas que parecen ricos, pide champán», le dijo Rosaline. Pero el champán de Rosaline era como agua de Seltz muy endulzada, y Francis prefería cerveza, en realidad. Pero tanto le maldecía Rosaline que se vio obligado a obedecer, y muchas noches se iba a la cama mareado.

«Bebes demasiado», le dijo Rosaline una vez. Y siempre que entraba un cliente acaudalado, Francis se veía obligado a llenarse el estómago hasta reventar.

Dejó de lavarse, y permanecía solo cuanto podía, lo que no era mucho. A lo largo del día, le llamaban constantemente al café para que le vieran los señores. Al principio le gustaba la notoriedad, pero al cabo de unas semanas ansiaba la paz, y daba largos paseos solitarios al atardecer. Por lo general, iba por los siete cipreses del cementerio, ya que este camino era el menos transitado. A veces, se pasaba largo rato gritando en Mâze y escuchando el eco de su voz, cavernosa y cambiada, pero suya en definitiva.

Tío Ubriaco le escribía a menudo pidiéndole que fuera a París, y le mandaba libros, de los que pocos tenía Francis ocasión de leer. Guardaba las cartas y se las sabía de memoria. Ahora tomaba las comidas en la cocina, con Rosaline y su madre, y había cobrado de repente gran repugnancia a la carne y le revolvía el estómago observar cómo la anciana se bebía su mezcla de sangre y leche. Se sustentaba de guisantes en conserva, ajos y sopa de calabaza. Simón le consolaba con ojos húmedos cuando Rosaline le gritaba como para reventarle los tímpanos. Pero Francis no se podía ir; parecía que le habían salido raíces en las plantas de los pies y que estas se hundían en la tierra de Saint-Roc.

No tenía ningún deseo activo de marcharse. El campo era un histerismo de color y abundaba en caracoles. Pero Francis se había prometido no volver a comer un solo caracol más. Comenzó la vendimia y, con la uva aplastada, el pueblo entero se tiñó de malva. Los campesinos elaboraban su *eau de vie*, y el vapor perfumaba las calles y las casas. Se veían ir y venir camiones traqueteantes, cargados con tanques de orujo. Se discutía el grado y la fuerza de cada *eau de vie chez* la Marie, *chez* Rosaline, en la plaza junto a la estatua de Saint-Roc.

Simón mantenía a Francis surtido de licor, ahora que la higuera había dejado de producir. Casi se habían terminado las berenjenas, también. Francis se lavaba la ropa en el río entre las mujeres del pueblo. Les contaba chismes que él adornaba con su imaginación cuando carecían de color. El agua era fría y oscura, pero la conversación discurría con bastante placidez. La gente más respetable del pueblo evitaba a Francis, pero en general, su popularidad era suprema. Rosaline se mostraba cariñosa o feroz, según lo que la mimara Francis. Un día se compró este un par de *sabots* y unos calcetines morados en Pontfantôme, y se paseó por el pueblo con ellos, ufano. Recibió alguna pedrada de los niños; pero, por lo demás, nadie se fijó demasiado en él. En una ocasión, Noël le dio un paseo en su *charrette* tirada por una mula, lo que provocó excitación y risas generales. Rosaline lo aprobó como un recurso publicitario y tuvo la inspiración de traer prestado el gramófono de Pontfantôme que habían utilizado para la *Cafard* hindú. El dueño del gramófono accedió a condición de que lo devolviese Francis en persona y se exhibiese en tres cafés distintos. Así que trajeron el gramófono, y Francis fue obligado a bailar polcas, pasodobles y javas todo el domingo por la tarde; algunos fueron lo bastante atrevidos como para bailar con él.

Un día, el dentista local le pidió que se fuera con él a Marsella a pasar el fin de semana. «Pero —le advirtió— no se lo digas a nadie. A mi familia le desagradaría saber que me trato contigo.» Francis se lo prometió, porque pensó que no estaba mal cambiar de aires un par de días. El doctor dijo que un taxi iría a recoger a Francis cuando se hiciese de noche y que se reunirían en el puente de Pontfantôme, donde le esperaría él con su propio automóvil.

—Es muy distinguido y rico —dijo Rosaline—; así que creo que se te puede dejar ir.

Así que Francis fue a Marsella. Cenaron opíparamente, y después el doctor dijo que quería presentarle a un amigo inteligente y distinguido. Francis se sentía lo suficientemente borracho como para dejarse presentar a cualquiera. Conque se dirigieron a una casa alta situada en una callejuela. Les abrió la puerta un oriental gruñón, y fueron conducidos a un aposento de denso olor donde, en un rincón, había una gran jaula, justo del tamaño de Francis. Echó este una rápida mirada a la jaula, salió corriendo de la habitación y bajó la escalera galopando con toda su alma. Le pareció correr un largo trecho por callejones tortuosos, antes de detenerse a recobrar el aliento. Pasó una sombra por la pared de enfrente, sorprendentemente parecida a tío Ubriaco sobre la Querida Mabel.

—¡Ubriaco! ¡Ubriaco! —gritó Francis, echando a correr tras la bicicleta que se alejaba—. ¡Espérame, tío Ubriaco! ¡He venido! ¡Soy yo, Francis!

Notaba que las lágrimas le anegaban sus enormes ojazos de caballo. La bicicleta paró y cuando llegó Francis, jadeando y riendo, se encaró con él un completo desconocido.

—Aparta, monstruo —dijo el hombre aterrado, y empezó a gritar llamando a la policía.

Acudieron dos; Francis pasó la noche en prisión por lesiones.

Llegó de noche a Saint-Roc, muy deprimido, y refirió a Rosaline su aventura. «No se lo cuentes a nadie —le aconsejó ella—. El doctor es una persona rica y respetada. ¡El pasado mes compró casi una docena de botellas de champán!»

Por último, Francis escribió a tío Ubriaco.

Rosaline recibió varias ofertas de dinero por Francis, pero las rechazó siempre. «Le tengo mucho cariño —explicaba—; aunque le regaño a menudo.»

Francis empezó a amar las noches y se retiraba siempre a dormir lo más temprano que le permitían. Una vez acostado, paseaba por sus sueños hasta la madrugada. Una noche soñó que era un lobo negro en un bosque. Topó con un castillo redondo con ventanas a ras del suelo, por las que se asomó temeroso. Vio un gran baile de disfraces: allí estaba Phœbe, disfrazada con leotardos de terciopelo negro y un bigote de cepillo de dientes. «No es lo que necesito», se dijo a sí mismo; y siguió andando un poco más y se coló en el castillo por un agujero por el que apenas cabía. Estaba en un estrecho pasadizo que terminaba en una puerta giratoria, al otro lado de la cual había un desnivel de cuatro metros que daba a una calle medieval. Un perrito blanco se puso a ladrarle. Tendría que bajar a matarlo, pensó Francis; pero no podía franquear la puerta giratoria.

A veces escribía poesías, todas ellas dedicadas a sí mismo.

Creo que soy una ostra andando por la plaza,
andando por la plaza aunque no tengo patas:
Rosas, rosas alrededor de mi puerta…
¡Desechos! ¡Desechos! ¡Diccionarios! Camisas muertas.

Escribió también una balada, «La ascensión de Iscariote», que le salió bastante mejor.

Una barca hizo Iscariote,
dicen que bien acabada;
no la hizo en día claro,
ni siendo noche cerrada.

La empezó al caer la tarde
 y la acabó con el alba.
Con mucho afán trabajó;
manos y uñas destrozadas.

Podía ser una nave
igual que ser una casa.
Su puente era un riñón;
el mascarón, cucaracha.

Cerdos tiraban de ella
que hablaban y hablaban y hablaban,
y decían que Iscariote
a muerto ya husmeaba.

«Es verdad —dijo Iscariote—.
Veinte lunas hay pasadas
desde que di el testamento,
con mi aliento y mi plegaria.

»Testamento y voluntad
escribí y firmé en la cama,
y cerré y sellé con lacre;
y ya mi hora es llegada.

»A los Cielos voy subiendo
a bordo de esta mi barca
¡Amén! ¡Amén! San Pedro
abre esas puertas cerradas.»

La siguiente se titulaba «La pérdida de Casta» (ha
habido notable controversia acerca del metro de este
poema).

Un dilema construyeron:
el Ayuntamiento facilitó
planos, piedras, tornillos y hierros.
Me acerqué a mirar por interés:
Se derrumbó al cimbreo de mis pasos.
Ahora ando yo chafado
sin poder llevar sombrero. Sombrero, Dios mío;
sin poder llevar sombrero.
¿Por qué? Por culpa de ese cimbreo.

Había también un poema en francés escrito en un tar-
jetón, cuya tapa izquierda estaba manchada de jugo
de uva:

Ne fais pas cela mon ami.
Ne me regarde pas comme ça
à travers l'eau qui coule en remuant.
Ma vision de tes

deux yeux bleus
comme des poissons bleus toujours attachés
comme deux lunes bleues
comme deux ailes bleues très bleues
comme deux jumeaux bleus
qui ne se sont jamais vus entre eux
mais restent collés éternellement
les deux frères bleus.
S'il vous plaît ne me regardez plus.

El café tenía cuatro clientes habituales que acudían todas las tardes a tomar un café y un poco de su propio orujo. Jugaban un par de partidas de billar ruso, y después contaban historias. Siempre se sentaban en la mesa del centro con Francis y Rosaline, que les hacían compañía a menos que entrase algún cliente más rico, en cuyo caso se le pedía a Francis que lo distrajera.

Normalmente, la tarde de los jueves no se hacía una sola consumición en lo que se refería a champán, de modo que los viejos clientes permanecían hasta más tarde y charlaban con más libertad.

—Conocí a un torero en Nîmes —contó el primer veterano— que era el hombre más extraño que he visto en mi vida. Tenía una cara como el dedo gordo del pie y trataba a los toros como si fuesen ratas. Jorge González «el Salvaje» le llamaban, aunque pocos sabían por qué; porque fuera de la plaza parecía un hombre tranquilo y sentimental. Mi amigo Joseph conocía bastante a la familia de González, y cuenta varias anécdotas sobre don Jorge. Quizás os acordéis. El escándalo relacionado con cierta inglesa de alcurnia a la que llamaban la honorable señora Bigge. Una viuda de edad madura y con fortuna era; aunque ni el observador más predispuesto habría sido capaz de calificarla de atractiva. Joseph estaba tomando un aperitivo con el torero en uno de los cafés de más postín. La señora Bigge se encontraba sola en la mesa vecina. «Es una rica extranjera —dijo González—. Una mujer así me vendría bien. Podría retirarme, y tener un chalet en Montecarlo. Es una lástima que esas mujeres sean tan feas. Mira qué nariz», y se quedó absorto. Entretanto, la dama inglesa había reconocido a González y le abordó con su francés rudimentario. «Ah, señor González; ayer le vi torear esos toros terribles; y la verdad es que me estremecí.» González la invitó inmediatamente a su mesa y habló y habló de sus distintas hazañas. A partir de ese día, González y la señora Bigge se vieron a diario. Luego, una noche después de cenar, González la invitó a tomar café en su habitación. La atiborró de Kümmel hasta que perdió toda reserva y le hizo proposiciones; era exactamente lo que González pretendía. «Por supuesto», contestó; y seguidamente, no se sabe cómo, convenció a la señora Bigge para que le dejase hacerle una «pequeña operación» en la nariz. Después de la cual, le aseguró, la querría con locura.

»En uno de sus múltiples viajes, González había aprendido el arte del tatuaje, y ahora decoró la nariz de la señora Bigge con flores, frutos, y pájaros, todo muy pulcramente ejecutado desde el puente hasta la punta y alrededor de las fosas nasales. Al parecer, el dolor de la operación disipó los vapores del alcohol de la dama; pero el torero la mantuvo fuertemente atada hasta que acabó; es decir, hasta que remató su labor artesanal taladrándole la nariz con un alfiler al rojo y le insertó un anillo. Creo que los gritos fueron aterradores, incluso después de rellenarle la boca con sus propias medias. Así es como encontraron a la señora Bigge: atada al poste de la cama con una cuerda cuyo otro extremo estaba anudado al anillo de la nariz.

»Naturalmente, entabló una gran querella contra González, y con toda su influencia y dinero no solo consiguió enviarle a la cárcel sino que lo arruinó económicamente. Jorge González no volvió a ser rico nunca más.

»Poco tiempo después de que le encerraran, la señora Bigge se suicidó; fue su última venganza. No volvió a saberse nada más de González; aunque no me sorprendería verle torear otra vez en la plaza de Nîmes.

—Recuerdo el escándalo —dijo el segundo veterano—. Pero la prensa no dio muchos detalles.

—Fue acallada por la familia de la dama —explicó el primero—. Aunque el caso dio fama a González; y habría podido venirle muy bien la publicidad, de no haber estado en la cárcel. ¡Pobre González! Siempre tuvo buena cabeza para los negocios y no me cabe duda de que habría llegado a ser medianamente rico, de no haber tenido esa desdichada perversión por las narices.

Francis había prometido a Rosaline levantarse temprano por la mañana para ir a buscar setas. Rosaline había visto un cubo lleno *chez* la Marie y estaba muerta de celos. Era domingo y tañían las campanas de la iglesia. Al bajar a la cocina, Francis encontró a Rosaline en pie y preparándole el café. Poco después entró con un telegrama para Francis. Lo abrió con aprensión, y Rosaline lo leyó por encima de su hombro.

¡VEN URGENTEMENTE A PARÍS CON TODA TU ROPA! TÍO UBRIACO.

—Debo ir enseguida —dijo Francis—. ¿Qué habrá querido decir?

—A lo mejor no lo ha enviado él —dijo Rosaline sombríamente—. Yo en tu lugar telefonearía antes.

—No tiene teléfono —dijo Francis—. Tengo que llegar esta noche a Orange a tiempo para coger el rápido.

El río creció ese día por encima de la plaza, rebasó la estatua de Saint-Roc y subió los escalones del Café Pirigou. En mitad de lamentos y brindis en el café, Francis abrazó a Rosaline y se fue en un bote llevado por Noël. Un coche de alquiler le esperaba en terreno seco, y al anochecer estaba en Orange. En el tren se vio obligado a pasar la noche sin dormir, rodeado de ruido y suciedad, mientras sus dedos tamborileaban sin cesar en la maleta. La noche, pensó Francis, no tenía fin.

Corrían y se sacudían, hora tras hora, en la oscuridad vacía y sin otra cosa que mantos de negrura. Cuando el tren llegó a la Gare de Lyon eran las siete y media de la madrugada. Francis se sorprendió al ver que no había nadie esperándole en el andén, aunque había contestado enseguida al telegrama. Se sentía tremendamente cansado y hambriento, y la gente le miraba de forma desagradable. No sabía cómo le iba a explicar a tío Ubriaco su cabeza de caballo, pero estaba seguro de que lo comprendería.

Tomó un taxi y se dirigió directamente a casa de tío Ubriaco. El árbol de fuera no daba ya sombra, sino que agitaba las pocas hojas amarillas que le quedaban. Francis tiró de la chirriante campanilla; abrió la puerta Amelia. Se le quedó mirando un segundo, boquiabierta, y dijo:

—Ah, eres un monstruo horroroso; pero te conozco. Pasa. Le llevó al taller y cerró la puerta con llave tras ellos.

Francis observó que reía entre dientes, como por algún chiste.

—¿Dónde está tío Ubriaco? —preguntó Francis de mal humor. Amelia se tapó la boca para contener la risa.

—Se ha ido—murmuró—; se ha ido, ido, ido.

—¿Qué quieres decir? —dijo Francis.

—Se marchó ayer a buscarte a Saint-Roc, y pensé que era una buena ocasión para hacerte venir aquí y decirle a tus padres que vinieran a quitarte de enmedio.

Francis le dio una bofetada, dos, cinco, en ambos lados de la cara, con todas sus fuerzas, gritando «¡Perra, perra, perra!». Amelia chillaba y echaba espuma, y agarró un martillo. Francis saltaba de un lado a otro entre bicicletas semiconstruidas, esquivando a su perseguidora y el martillo. Tropezó, no obstante, en una rueda suelta, y cayó a tierra. Amelia golpeó a Francis en la cabeza con el martillo, hasta que le hizo un gran agujero en su cráneo de caballo, y los chorros de sangre formaron un extraño charco en el suelo. Francis murió casi de inmediato.

Asustada por lo que había hecho, Amelia corrió hacia un rincón y empezó a gimotear.

—Yo no quería matarle, papá, yo solo quería hacerle daño, pero no podía dejar de golpear y golpear hasta que empezó a salirle toda esa sangre horrible y negruzca… ¡Aj!

Se cubrió la cara con las manos, ocultando lo que le parecía un espectáculo indecente. Había algo especial

en el cadáver tendido y la rueda de bicicleta que hacía que a Amelia le diese vergüenza mirar. Era como
si estuviese viendo a alguien en el retrete. Un vuelo
de palomas pasó veloz por delante de la ventana, y
sonó un reloj.

Fue Hector quien metió a Francis en un sencillo ataúd
de pino y lo envió a Inglaterra. Fue Hector quien tele-
grafió a tío Ubriaco a Saint-Roc, y Hector quien con-
soló a Amelia, que no podía olvidar lo horrible que
estaba Francis muerto.

Amelia intentó dar a tío Ubriaco largas explicacio-
nes sobre cómo, en realidad, no era su intención; pero
él parecía haber enmudecido.

Tío Ubriaco llegó a Crackwood un día después que
Francis. Entró en una casa de luto. El recibidor estaba desierto; luego oyó correr agua, y la desconsolada
madre de Francis salió del cuarto de baño. Al ver a
Ubriaco se paró en seco, se llevó una mano al corazón,
y se quedó mirándole dramáticamente. Luego se acordó de su pañuelo, se cubrió con él los ojos y la nariz,
llorando al parecer, dio media vuelta, y se apoyó en la
mesa con una mano. Así permaneció varios segundos,
con la cabeza inclinada y la cara apartada. Ubriaco se
preguntó cuánto tiempo iba a durar ese espectáculo
absurdo. La casa estaba medio a oscuras, semibajadas
las persianas de las ventanas; todos los criados habla-

ban en susurros. El olor a lirios en toda la casa era el olor de la muerte misma. Por último, la madre se volvió e indicó a Ubriaco que la siguiera. Con un lento y religioso gesto, abrió la puerta que daba a la habitación mortuoria. El ataúd de Francis estaba pintado de blanco y rodeado por seis velones monstruosos y un auténtico jardín de lirios. Tío Ubriaco se quedó mirando irritado, y dijo:

—¡Ah, Francis, te han puesto en un ataúd blanco! ¡Blanco! Habría estado bien rojo, amarillo, incluso verde... Pero no blanco.

La madre se arrodilló a los pies de Francis, sobre un reclinatorio, y comenzó a rezar de espaldas a tío Ubriaco. Un perrito abrió la puerta con el hocico, dio una vuelta al ataúd, levantó alegremente una pata en la esquina izquierda y salió otra vez.

Ubriaco esbozó una lenta sonrisa.

La madre murmuró unas oraciones más y se puso en pie despacio. El pañuelo salió a relucir oportunamente y abandonaron la habitación.

Esa noche, Ubriaco bajó en silencio al cuarto mortuorio con una brocha y un bote de pintura.

Habían menguado los velones y el olor de los lirios era más fuerte que nunca. Tío Ubriaco pensó con tristeza en lo mucho que Francis había detestado siempre estas flores. Se detuvo un momento, contemplando la larga caja blanca, y luego se puso manos a la obra. Uno de los botes era de pintura amarilla, el otro de pintura negra. Hizo un gracioso dibujo de avispa, alternando franjas amarillas y negras. Tardó un rato en terminar la tarea, pero quedó pulcramente acabada antes de que amaneciera. Tío Ubriaco se inclinó profundamente ante el ataúd listado, abandonó la casa, montó en su bicicleta, y se alejó pedaleando.

Así concluye la historia del pequeño Francis.

Título original:
Little Francis

© Estate of Leonora Carrington en España

Todos los derechos reservados,
incluidos los derechos de reproducción
total o parcial en cualquier formato.

© de la traducción: Francisco Torres Oliver

© 2024 Ediciones Alpha Decay, S.A.
Gran Via Carles III, 94 - 08028 Barcelona
www.alphadecay.org

Primera edición: abril de 2024

Colección dirigida por Julia Echevarría

Maquetación del interior: Robert Juan-Cantavella
Maquetación de la cubierta: Sergi Gòdia
Impresión: Imprenta Kadmos

BIC: FA
ISBN: 978-84-127970-3-9
Depósito Legal: B 5337-2024

Esta
edición,
primera, de
El pequeño Francis,
se terminó de imprimir
en Salamanca en el
mes de marzo
de 2024.